中國語言文字研究輯刊

十七編
許學仁 主編

第 13 冊

山東出土金文合纂
（第七冊）

蘇 影 著

花木蘭文化事業有限公司

國家圖書館出版品預行編目資料

山東出土金文合纂（第七冊）／蘇影 著 -- 初版 -- 新北市：
花木蘭文化事業有限公司，2019〔民 108〕
目 2+158 面；21×29.7 公分
（中國語言文字研究輯刊 十七編：第 13 冊）
ISBN 978-986-485-933-7（精裝）
1. 金文 2. 山東省
802.08　　　　　　　　　　　　　　　　108011982

ISBN-978-986-485-933-7

中國語言文字研究輯刊
十七編　　　第十三冊　　　　　ISBN：978-986-485-933-7

山東出土金文合纂（第七冊）

作　　　者　蘇影
主　　　編　許學仁
總 編 輯　杜潔祥
副總編輯　楊嘉樂
編　　　輯　許郁翎、王　筑、張雅淋　美術編輯　陳逸婷
出　　　版　花木蘭文化事業有限公司
發 行 人　高小娟
聯絡地址　235 新北市中和區中安街七二號十三樓
　　　　　　電話：02-2923-1455 ／傳眞：02-2923-1452
網　　　址　http://www.huamulan.tw 信箱 hml 810518@gmail.com
印　　　刷　普羅文化出版廣告事業
初　　　版　2019 年 9 月
全書字數　286993 字
定　　　價　十七編 18 冊（精裝）　台幣 56,000 元　版權所有・請勿翻印

山東出土金文合纂
（第七冊）

蘇影　著

目次

山東出土金文編　卷十三

給 757	經 756		純 755	糸 754
絗	經		純	糸
師給銅泡 戰國晚 11862	叔夷鐘 春秋晚 272 叔夷鎛 春秋晚 285	叔夷鐘 春秋晚 285 （「屯」重見） 陳純釜 戰國中 10371	叔夷鐘 春秋晚 274 叔夷鐘 春秋晚 277	孫▮簋 商 山東成 264

絇 762	紳 761	縮 760	終 759	縱 758
	引簋 西周中晚 海岱 37.6	蔡姑簋 西周晚 4198	蔡姑簋 西周晚 4198	亡縱熊節 戰國 12092
鄭絇盒 戰國晚 近出 1044				
			郜公典盤 春秋中 近出 1009	

彝　763

季作寶彝鼎 西周早 1931	作寶□彝尊 西周早 新收 1501	父庚爵 商 山東成 535	鄧公盉 商晚 圖像集成 14684	戍瑯無壽觚 商中 近出 757
作封從彝鼎 西周早 1981	吾作滕公鬲 西周早 565	作乩從彝觶蓋 商晚或西周早 6435.1	辛盉 商晚 近出二 833	爐作父辛卣 商晚 5285
作乩從彝方鼎 西周早 通鑒 2240	大史友甗 西周早 915	作乩從彝觶 商晚或西周早 6435.2	乍且癸卣 商 5307	作乩從彝壺 商晚 山東成 604

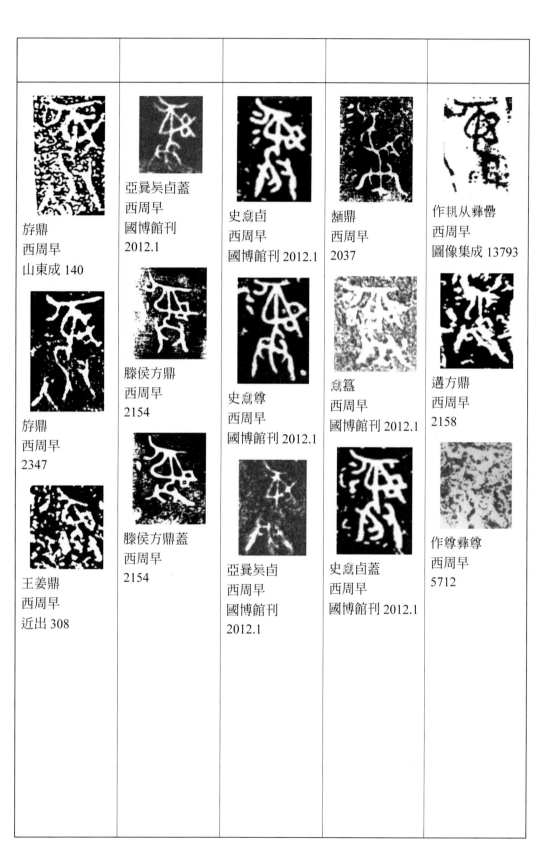

旂鼎
西周早
山東成 140

斿鼎
西周早
2347

王姜鼎
西周早
近出 308

亞霎矣卣蓋
西周早
國博館刊
2012.1

滕侯方鼎
西周早
2154

滕侯方鼎蓋
西周早
2154

史鬻卣
西周早
國博館刊 2012.1

史鬻尊
西周早
國博館刊 2012.1

亞霎矣卣
西周早
國博館刊
2012.1

䤈鼎
西周早
2037

鬻簋
西周早
國博館刊 2012.1

史鬻卣蓋
西周早
國博館刊 2012.1

作執从彝罍
西周早
圖像集成 13793

遭方鼎
西周早
2158

作尊彝尊
西周早
5712

夆彝簋
西周早
3130

滕侯簋
西周早
3670

𠭯簋
西周早
3469

旅鼎
西周早
2728

作訊从彝觚
西周早
通鑒 9719

夆彝簋
西周早
3131

作封從彝鼎盉蓋
西周早
通鑒 13665

劃函作祖戊簋
西周早
總集 2312

作封從彝鼎觚
西周早
通鑒 9229

邁方鼎
西周早
2157

邁方鼎
西周早
2159

作封從彝鼎盉蓋
西周早
通鑒 13665

庿監鼎
西周早
近出 297

王季鼎
西周早
2031

憲鼎
西周早
2749

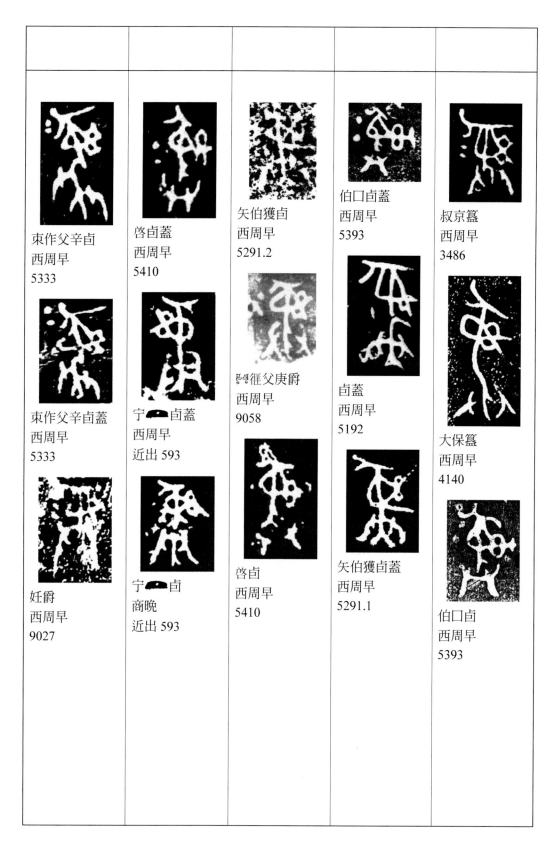

東作父辛卣
西周早
5333

東作父辛卣蓋
西周早
5333

妊爵
西周早
9027

啓卣蓋
西周早
5410

寧■卣蓋
西周早
近出 593

寧■卣
商晚
近出 593

矢伯獲卣
西周早
5291.2

徆父庚爵
西周早
9058

啓卣
西周早
5410

伯口卣蓋
西周早
5393

卣蓋
西周早
5192

矢伯獲卣蓋
西周早
5291.1

叔京簋
西周早
3486

大保簋
西周早
4140

伯口卣
西周早
5393

伯憲盉蓋
西周早
9430

豐鼎
西周早
考古 2010.8

豐觥
西周中
中新網
2010.1.14

此作寶彝盉
西周早
9385.1

萃盉
西周早
滕墓上 303 頁圖
218

伯憲盉
西周早
9430

傅作父戊尊
西周早
5925

啓尊
西周早
5983

宋婦彝瓠
西周早
滕墓上 232 頁圖
164.3

叔卣
西周早
新出金文與西周
歷史 8 頁圖二.4

乍尊彝尊
西周早
5712

妊爵
西周早
9028

叔尊
西周早
新出金文與西周
歷史 8 頁圖二.1

（董珊摹本）
叔卣蓋
西周早
古研 29 輯

𢦏 764

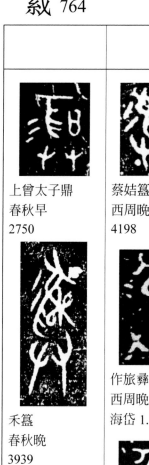上曾太子鼎 春秋早 2750	蔡姞簋 西周晚 4198	小夫卣 西周中 近出 598	乍寶尊彝卣 西周中 近出 588	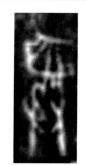鳶爵 西周早 圖像集成 8550
禾簋 春秋晚 3939	作旅彝瓶 西周晚 海岱 1.15	乍父辛尊 西周中 近出 629	作寶尊彝卣 西周中 近出二 525	甚諆鼎 西周中 2410
叔夷鐘 春秋晚 274	魯侯彝 西周 總集 4754	作旅彝殘器底 西周中 海岱 1.14	豐卣 西周中 考古 2010.8	豐簋 西周中 考古 2010.8
叔夷鎛 春秋晚 285				

龜 768		它 767	紊 766	韓 765
弔龜觶 商 桓臺文物 29	夆叔匜 春秋 10282	勾它盤 西周晚 10141	武紊戈 春秋晚 近出 1088	蔡姞簋 西周晚 4198
	賈孫叔子屖盤 春秋 山東成 675	夆叔盤 春秋早 10163		
		郝公典盤 春秋中 近出 1009		

龜 769

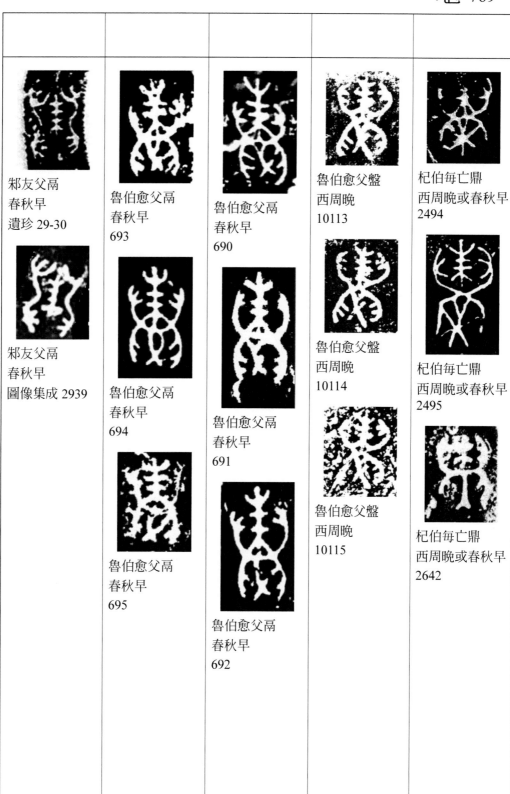

郑友父鬲
春秋早
遺珍 29-30

郑友父鬲
春秋早
圖像集成 2939

魯伯愈父鬲
春秋早
693

魯伯愈父鬲
春秋早
694

魯伯愈父鬲
春秋早
695

魯伯愈父鬲
春秋早
690

魯伯愈父鬲
春秋早
691

魯伯愈父鬲
春秋早
692

魯伯愈父盤
西周晚
10113

魯伯愈父盤
西周晚
10114

魯伯愈父盤
西周晚
10115

杞伯每亡鼎
西周晚或春秋早
2494

杞伯每亡鼎
西周晚或春秋早
2495

杞伯每亡鼎
西周晚或春秋早
2642

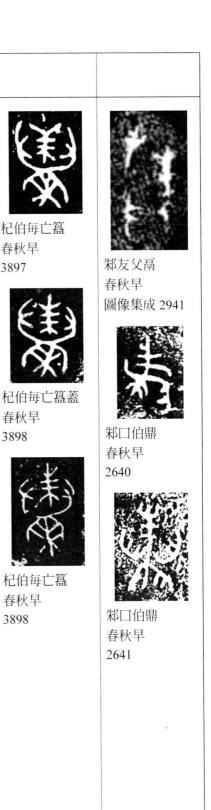

黿慶簠
春秋早
遺珍 116

黿慶簠
春秋早
遺珍 116

杞伯每亡壺
春秋早
9688

黿叔夃父簠
春秋早
4592

黿公子害簠
遺珍 67
春秋早

黿公子害簠蓋
遺珍 67
春秋早

杞伯每亡簋
春秋早
3901

杞伯每亡簋蓋
春秋早
3899.1

杞伯每亡簋蓋
春秋早
3899.2

杞伯每亡簋
春秋早
3897

杞伯每亡簋蓋
春秋早
3898

杞伯每亡簋
春秋早
3898

郳友父鬲
春秋早
圖像集成 2941

郳口伯鼎
春秋早
2640

郳口伯鼎
春秋早
2641

土 772	凡 771	二 770		
土	凡	二		
大保簋 西周早 4140	鳶簋 西周早 國博館刊 2012.1	卅二年戈 戰國晚 圖像集成 16579	杞伯每亡匜 春秋早 10255	杞伯每亡壺 春秋早 9688
土鼎 西周 海岱 37.2		師給銅泡 戰國晚 11862	魯伯愈父匜 春秋早 10244	邾君慶壺蓋 春秋早 遺珍 35-38
公子土斧壺 春秋晚 9709		四十年左工耳杯 戰國晚 新收 1078	杞伯每亡盆 春秋早 10334	邾君慶壺 春秋早 遺珍 35-38
		與《說文》古文同 少司馬耳杯 戰國晚 新收 1080		

埕 776	城 775		在 774	堵 773

埕 776

大埕公戟
戰國
11051

埕戈
戰國早
10824

城 775

武城戈
戰國中晚
新收 1169

齊城左戈
戰國晚
新收 1167

武城戈
春秋晚
10966

武城戈
春秋晚
11024

武城戟
春秋
10967

成陽辛城里戈
春秋晚
11154

在 774

螶鼎
西周早
國博館刊 2012.1

螶簋
西周早
國博館刊 2012.1

啓尊
西周早
5983

梁白可忌豆
戰國
近出 543

堵 773

叔夷鐘
春秋
285

陞 780	塼 779	堇 778	塿 777
		蕃	壞

 越陞夫人鐘磬架 構件 戰國晚 新收 1084	 越陞夫人燈 戰國晚 新收 1081	 叔夷鎛 春秋晚 285	 啓卣蓋 西周早 5410	 辟大夫虎符 戰國 12107
 越陞夫人銀匜 戰國晚 新收 1085	 越陞夫人鐘磬架 構件 戰國晚 新收 1082		 啓卣 西周早 5410	
	 越陞夫人鐘磬架 構件 戰國晚 新收 1083			

里 782　　　　艱 781

		里		艱

右里瑴鋗量
戰國
10367

右里歧量
戰國晚
新收 1176

平陽戈
春秋晚
11156

叔夷鐘
春秋晚
282

不嬰簋
西周晚
4328

齊宮鄉銅量
戰國
近出 1051

右里瑴鋗量
戰國
10366

成陽辛城里戈
春秋晚
11154

叔夷鎛
春秋晚
285

叔夷鐘
春秋晚
274

齊宮鄉銅量
戰國
近出 1052

右里瑴鋗量
戰國晚
近出 1050

田 784 　　　　 釐 783

		田		釐
田父甲爵 商晚 8368	田父甲罍 商晚 9205.1	田父辛方鼎 商晚 1642	叔夷鐘 春秋晚 273	叔鐘 西周中 92
不嬰簋 西周晚 4328	田父甲罍 商晚 9205.2	田父甲簋 商晚 3142	叔夷鎛 春秋晚 285	釐伯鬲 西周晚 663
	田父甲罍蓋 商晚 9785.1	田父甲卣蓋 商晚 4903		叔夷鐘 春秋晚 275
	田父甲罍 商晚 9785.2	田父甲卣 商晚 4903		叔夷鐘 春秋晚 281

勞 788	力 787		男 786	晦 785
勞	劢		男	晦
叔夷鐘 春秋晚 273	叔夷鐘 春秋晚 275	叔夷鎛 春秋晚 285	郘公典盤 春秋中 近出 1009	鵑簋 西周早 國博館刊 2012.1
叔夷鐘 春秋晚 275	叔夷鎛 春秋晚 285	鮑子鼎 春秋晚 中國歷史文物 2009.2	叔夷鐘 春秋晚 278	
叔夷鐘 春秋晚 283			叔夷鐘 春秋晚 280	

勤 789

			勤	
			叔夷鐘 春秋晚 275 叔夷鐘 春秋晚 283 叔夷鎛 春秋晚 285	叔夷鎛 春秋晚 285

山東出土金文編　卷十四

<table>
<tr><td colspan="2" align="center">鑄 791</td><td colspan="2" align="center">金 790</td></tr>
<tr><td></td><td align="center"></td><td></td><td align="center"></td></tr>
<tr>
<td>
己侯壺
西周晚
9632</td>
<td>
大保方鼎
西周早
1735</td>
<td>
叔夷鎛
春秋晚
285</td>
<td>
上曾太子鼎
春秋早
2750</td>
<td>
憲鼎
西周早
2749</td>
</tr>
<tr>
<td>
鑄子叔黑臣鬲
春秋早
735</td>
<td>
取子鉞
西周早
11757</td>
<td>
瀳公鼎
春秋晚
文物 2014.1</td>
<td>
霝父君瓶
春秋早
遺珍 31-33</td>
<td>
辛嚳簋
西周早
新收 1148</td>
</tr>
<tr>
<td>
鑄子叔黑臣鼎
春秋早
2587</td>
<td>
鑄子叔黑臣簋
西周晚
3944</td>
<td>
曾□□簠
春秋晚
4614</td>
<td>
霝父君瓶蓋
春秋早
遺珍 31-33</td>
<td>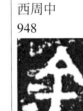
遇甗
西周中
948</td>
</tr>
<tr>
<td></td><td></td>
<td>
不降戈
戰國
11286</td>
<td>叔夷鐘
春秋晚
275</td>
<td>寰鼎
西周中
2721</td>
</tr>
</table>

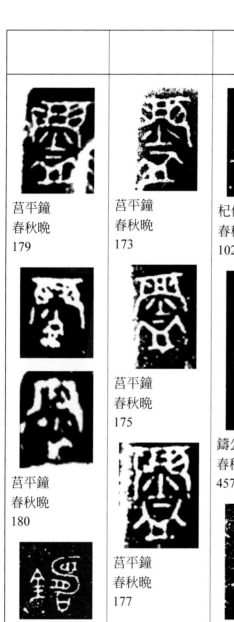			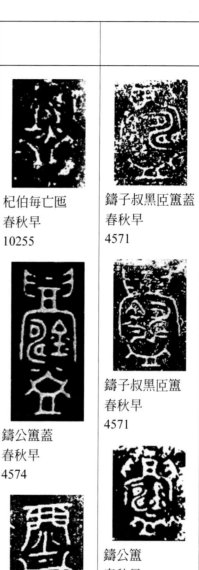	

莒平鐘
春秋晚
179

莒平鐘
春秋晚
173

杞伯每亡匜
春秋早
10255

鑄子叔黑臣簠蓋
春秋早
4571

鑄叔皮父簋
春秋早
4127

莒平鐘
春秋晚
180

莒平鐘
春秋晚
175

鑄公簠蓋
春秋早
4574

鑄子叔黑臣簠
春秋早
4571

鑄子叔黑臣簠蓋
春秋早
4570.1

鐖公鼎
春秋晚
文物 2014.1

莒平鐘
春秋晚
177

莒平鐘
春秋晚
172

鑄公簠
春秋早
山東存鑄 2.1

鑄子叔黑臣簠
春秋早
4570.2

鍾 792

		鐘		
莒平鐘 春秋晚 177	莒平鐘 春秋晚 174	益公鐘 西周晚 16	公鑄壺 春秋 9513	叔夷鐘 春秋晚 276
莒平鐘 春秋晚 178	莒平鐘 春秋晚 172	鑄叔拓簠 春秋 海岱 90.10	叔夷鎛 春秋晚 285
莒平鐘 春秋晚 179	莒平鐘 春秋晚 175	莒平鐘 春秋晚 173	鄶頃鑄戈 戰國晚 近出 1119	荊公孫敦 春秋晚 近出 537
莒平鐘 春秋晚 180	莒平鐘 春秋晚 176			

錐 794　　鐈 793

錐	鐈			
上曾太子鼎 春秋早 2750	叔夷鎛 春秋晚 285 叔夷鎛 春秋晚 銘文選 848	郐鐘矢 戰國 海岱 37.91 十年洱陽令戈 戰國 近出 1195	叔夷鎛 春秋晚 285	叔夷鐘 春秋晚 276 叔夷鐘 春秋晚 277 叔夷鐘 春秋晚 284

鎛 799	鐘 798	鑑 797	鈴 796	鈞 795
鎛	鐘	鑑	鈴	鈞

鎛
叔夷鎛
春秋晚
285

鐘
己侯𡠗鐘
西周晚
14

陳大喪史仲高鐘
春秋中
354.1

陳大喪史仲高鐘
春秋中
355.1

鑑
濫盂
春秋
新浪網

鈴
陳大喪史仲高鐘
春秋中
353.1

陳大喪史仲高鐘
春秋中
355.1

鈞
子禾子釜
戰國中
10374

鋁 804	鈺 803	鎣 802	鏐 801	鐸 800
		鑒	鑠	鐼
叔夷鐘 春秋晚 276	郳公鈺鐘 春秋 102	叔夷鐘 春秋晚 276	莒平鐘 春秋晚 172	梁白可忌豆 戰國 近出 543
叔夷鎛 春秋晚 285		叔夷鎛 春秋晚 285 依謝明文釋	莒平鐘 春秋晚 174	
			叔夷鐘 春秋晚 276	

鏽 809	鉾 808	鐈 807	鐋 806	鉌 805
 莒平鐘 春秋晚 172	 叔夷鐘 春秋晚 276	 鐈頃鑄戈 戰國晚 近出 1119	 莒平鐘 春秋晚 172	 左關之鉌 戰國中 10368
 莒平鐘 春秋晚 176	 叔夷鎛 春秋晚 285		 莒平鐘 春秋晚 174	 子禾子釜 戰國中 10374

且 813		処 812	鐘 811	鈢 810
且		处		
戉珊無壽觚 商中 近出 757	叔夷鐘 春秋晚 275	叔卣內底 西周早 新出金文與西周 歷史 9 頁圖二.4	取子鉞 西周早 11757	銅杯 臨淄商王墓地 27 頁
且戊爵 商中晚 通鑒 7780	叔夷鐘 春秋晚 283	叔尊 西周早 新出金文與西周 史 8 頁圖二.1		少司馬耳杯 戰國晚 新收 1080
乍且癸卣 商 5307	叔夷鎛 春秋晚 285			
劃甬作祖戊簋 西周早 3684				

所 816	斧 815	斤 814		
叔夷鐘 春秋晚 275	公子土斧壺 春秋晚 9709	四十一年工右耳 杯 戰國晚 新收 1077	豐簋 西周中 考古 2010.8	啓卣蓋 西周早 5410
		四十年工右耳杯 戰國晚 新收 1078	豐卣 西周中 考古 2010.8	啓卣 西周早 5410
叔夷鎛 春秋晚 276			豐觥 西周中 中新網 2010.1.14	豐鼎 西周早 考古 2010.8
			引簋 西周中晚 海岱 37.6	啓尊 西周早 5983

新 818　　　　　斯 817

新		斯		
新鄩簋 西周早 3439　新鄩簋 西周早 3440	叔夷鐘 春秋晚 280　叔夷鎛 春秋晚 285	叔夷鐘 春秋晚 278	宋公差戈 春秋晚 11289　摹本 齊城左戈 戰國晚 新收 1167　垣左戟 戰國 海岱 37.63	叔夷鎛 春秋晚 285　罡所斸盂 春秋晚 海岱 37.256

車 821　　𩧙 820　　料 819

車		車		𩧙

國楚戈
戰國早
新收 1086

子禾子釜
戰國中
10374

陳戈
戰國
11031

鑄公簠
春秋早
山東存鑄 2.1

叔夷鐘
春秋晚
275

叔夷鎛
春秋晚
285

不嬰簋
西周晚
4328

鑄公簠蓋
春秋早
4574

罟所𩧙盂
春秋晚
海岱 37.256

子禾子釜
戰國中
10374

陵 825	官 824	自 823		軍 822
陵	官	自		軍
陳純釜 戰國中 10371	國子中官鼎 春秋晚 1935	金文爲師字 旅鼎 西周早 2728 師字重見。	叔夷鎛 春秋晚 285	叔夷鐘 春秋晚 272
越陸夫人銀匜 戰國晚 新收 1085	國子中官鼎 5.1 春秋晚 1935			叔夷鐘 春秋晚 273
越陸夫人磬架構件 戰國晚 新收 1082			不降戈 戰國 11286	

陽 827　　　陰 826

陽		陰		
　異伯子宨父盨蓋　西周晚　4444.1	異伯子宨父盨　西周晚　4442.1	　異伯子宨父盨　西周晚　4444.1	異伯子宨父盨　西周晚　4442.1	陳侯因㿝造左陵戟　戰國　中國歷史文物　2007（5）15 頁　圖一
　異伯子宨父盨　西周晚　4444.2	異伯子宨父盨　西周晚　4442.2	　異伯子宨父盨　西周晚　4444.2	異伯子宨父盨　西周晚　4442.2	銅雁足燈　戰國　臨淄商王墓地　42-43 頁
異伯子宨父盨蓋　西周晚　4445.1	異伯子宨父盨蓋　西周晚　4443.1	　異伯子宨父盨　西周晚　4445.2	　異伯子宨父盨蓋　西周晚　4443.1	
異伯子宨父盨　西周晚　4445.2	異伯子宨父盨　西周晚　4443.2	　陰平劍　戰國　11609	　異伯子宨父盨　西周晚　4443.2	

阫 831　　阿 830　　陽 829　　陽 828

阫 831	阿 830	陽 829	陽 829	陽 828
	阿			
平阿左戈 春秋晚 近出 1135	平阿左戟 戰國晚 新收 1030	平陽戈 春秋晚 11156	成陽辛城里戈 春秋晚 11154	平陽左庫戈 春秋 11017
平阿左戈 戰國早 11041	平阿右戟 戰國晚 近出 1150		成陽辛城里戈 春秋晚 11155	十年洱陽令戈 戰國 近出 1195
平阿左戈 戰國晚 11001	平阿左戟 戰國 11158			廿四年莒陽斧 戰國晚 近出 1244
平阿戈 戰國 圖像集成 16458	阿武戈 戰國 10923			

陳 835	書 834	降 833	限 832
陳	書	降	限

公孫潮子編鐘
戰國早
近出 6

公孫潮子編鐘
戰國早
近出 7

公孫潮子編鐘
戰國早
近出 9

陳尔徒戈
近出 1139
春秋晚

陳�造戈
戰國早
近出 1137

公孫潮子編鐘
戰國早
近出 5

大保簋
西周早
4140

大保簋
西周早
4140

不降戈
戰國
11286

辛譻簋
西周早
新收 1148

陸 837　　陶 836

　辛嚚簋　西周早　新收 1148	　　不嬰簋　西周晚　4328	　陳窒散戈　戰國　11036　　陳窒散戈　戰國　圖像集成 16644　　陳窒散戈　戰國　圖像集成 16645	　陳發戈　戰國晚　新收 1032　　陳子皮戈　戰國　11126　　陳戠戟　戰國　海岱 37.92　　陳戈　戰國　11031	　陳䀠子戈　戰國中　飛諾藏金 99 頁　　子禾子釜　戰國中　10374　　　陳純釜　戰國中　10371

六 841	五 840	亞 839	四 838

四 838

師給銅泡
戰國晚
11862

四十年左工耳杯
戰國晚
新收 1078

廿四年莒陽斧
戰國晚
近出 1244

亞 839

裘亞X卣
商晚
5011.2

亞秋爵
商晚
7814

裘亞X爵
商晚
8771

裘亞X爵
商晚
8772

裘亞X爵
商晚
8773

裘亞X爵
商晚
8774

亞秋舟爵
商晚
8782

傳作父戊尊
西周早
5925

五 840

小臣俞犀尊
商晚
5990

不嬰簋
西周晚
4328

叔夷鐘
春秋晚
272

叔夷鎛
春秋晚
285

六 841

遇鼎
西周中
948

四十一年工右耳杯
戰國晚
新收 1077

禽 844			九 843	七 842

萃盉 商晚 近出二 833	叔夷鎛 春秋晚 285 梁白可忌豆 戰國 近出 543	叔夷鐘 春秋晚 275 叔夷鐘 春秋晚 277 叔夷鐘 春秋晚 283	憲鼎 西周早 2749 禽簋 西周早 國博館刊 2012.1 不其簋 西周晚 4328	己鍿 商晚 11792 良山戈 西周早 山東成 762

萬 845

		伯鼎		
郜仲簋 西周中晚 新收 1045	紀仲觶 西周中 6511.1	西周中 2460	憲鬲 西周早 631	不嬰簋 西周晚 4328

郜仲簋
西周中晚
新收 1046

紀仲觶
西周中
6511.2

叔妃簋
西周中
3729.1

憲鼎
西周早
2749

叔妃簋
西周中

曩侯弟鼎
西周中晚
2638

郜仲簋蓋
西周中晚
新收 1045

伯旬鼎
西周中
2414

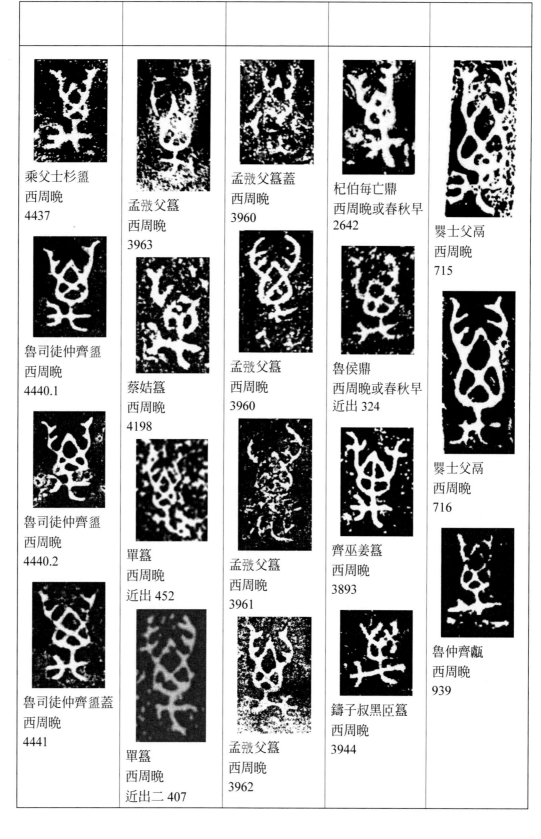

乘父士杉盨
西周晚
4437

魯司徒仲齊盨
西周晚
4440.1

魯司徒仲齊盨
西周晚
4440.2

魯司徒仲齊盨蓋
西周晚
4441

孟弢父簋
西周晚
3963

蔡姞簋
西周晚
4198

單簋
西周晚
近出 452

單簋
西周晚
近出二 407

孟弢父簋蓋
西周晚
3960

孟弢父簋
西周晚
3960

孟弢父簋
西周晚
3961

孟弢父簋
西周晚
3962

杞伯每亡鼎
西周晚或春秋早
2642

魯侯鼎
西周晚或春秋早
近出 324

齊巫姜簋
西周晚
3893

鑄子叔黑臣簋
西周晚
3944

羃士父鬲
西周晚
715

羃士父鬲
西周晚
716

魯仲齊甗
西周晚
939

 魯伯大父作仲姬 俞簋 春秋早 3989	 郱口伯鼎 春秋早 2641	 魯宰駟父鬲 春秋早 707	 鄟甘蠱鼎 西周晚 新收 1091	 魯司徒仲齊盨 西周晚 4441
 曹伯狄簋 春秋早 4019	 魯伯大父作仲姬 俞簋 春秋早 3987	 鑄子叔黑臣鬲 春秋早 735	 魯侯簋 西周晚或春秋早 近出 518	 魯司徒仲齊盤 西周晚 10116
 魯伯愈盨 春秋早 4458	 魯伯大父簋 春秋早 3974	 鑄子叔黑臣鼎 春秋早 2587	 者僕故匜 西周晚 山東成 696	 勾它盤 西周晚 10141
 魯伯愈盨蓋 春秋早 4458	 魯伯大父作仲姬 俞簋 春秋早 3988	 郱口伯鼎 春秋早 2640	 弗敏父鼎 春秋早 2589	 魯司徒仲齊匜 西周晚 10275

子皇母簠
春秋早
遺珍 49-50

鑄公簠
春秋早
山東存鑄 2.1

商丘叔簠
春秋早
新收 1071

畢仲弁簠
春秋早
遺珍 48

黿慶簠
春秋早
遺珍 116

黿慶簠
春秋早
遺珍 116

黿公子害簠
春秋早
遺珍 67

黿公子害簠蓋
春秋早
遺珍 67

魯大司徒厚氏元簠蓋
春秋早
4691

魯大司徒厚氏元簠
春秋早
4691

魯宰虢簠蓋
春秋
遺珍 45-46

魯宰虢簠
春秋
遺珍 45-46

黿叔豸父簠
春秋早
4592

魯大司徒厚氏元簠
春秋早
4689

魯大司徒厚氏元簠蓋
春秋早
4690.1

魯大司徒厚氏元簠
春秋早
4690.2

鑄子叔黑臣簠蓋
春秋早
4570.1

鑄子叔黑臣簠
春秋早
4570.2

鑄子叔黑臣簠
春秋早
4571

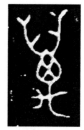

鑄公簠蓋
春秋早
4574

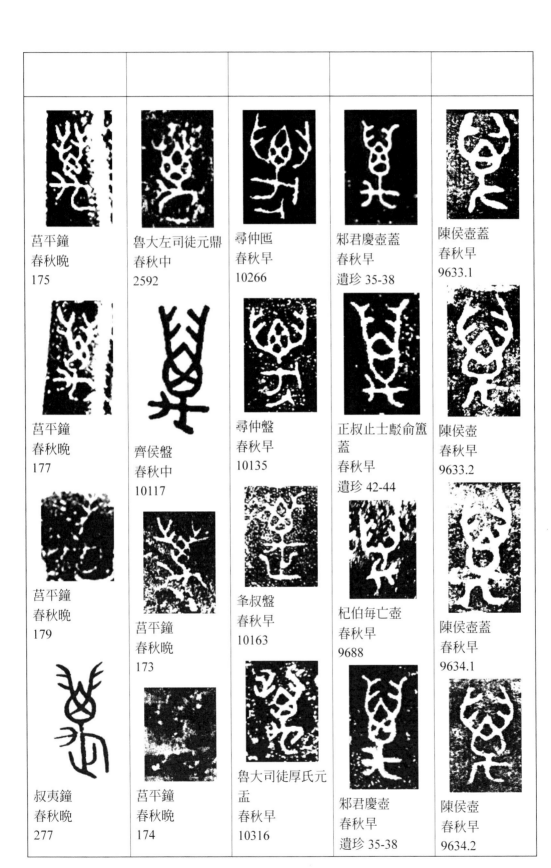

莒平鐘 春秋晚 175	魯大左司徒元鼎 春秋中 2592	尋仲匜 春秋早 10266	邾君慶壺蓋 春秋早 遺珍 35-38	陳侯壺蓋 春秋早 9633.1
莒平鐘 春秋晚 177	齊侯盤 春秋中 10117	尋仲盤 春秋早 10135	正叔止士戲俞簠蓋 春秋早 遺珍 42-44	陳侯壺 春秋早 9633.2
莒平鐘 春秋晚 179	莒平鐘 春秋晚 173	夆叔盤 春秋早 10163	杞伯每亡壺 春秋早 9688	陳侯壺蓋 春秋早 9634.1
叔夷鐘 春秋晚 277	莒平鐘 春秋晚 174	魯大司徒厚氏元 盂 春秋早 10316	邾君慶壺 春秋早 遺珍 35-38	陳侯壺 春秋早 9634.2

禹 846

 嬰祖辛罍 商晚 9806  嬰禹祖辛卣 商晚 圖像集成 13077  叔夷鐘 春秋晚 275	祖辛禹方鼎 商晚 2111 祖辛禹方鼎 商晚 2112 嬰祖辛卣 商晚 5201  嬰祖辛卣蓋 商晚 5201	 賈孫叔子屖盤 春秋 山東成 675  夆叔匜 春秋 10282  司馬楙編鎛 戰國 山東成 107  者旆故匜 周代 山東成 696	 宋公固簠 春秋晚 文物 2014.1  宋公固鼎 春秋晚 文物 2014.1  公子土斧壺 春秋晚 9709 華孟子鼎 春秋 琅琊網	 叔夷鐘 春秋晚 278 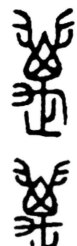 叔夷鎛 春秋晚 285

甲 848　　　獸 847

甲		獸	

父甲爵
商晚
7874

田父甲簋
商晚
3142

薛比戈
春秋早
近出 1163

啓卣蓋
西周早
5410

叔夷鐘
春秋晚
283

田父甲斝
商晚
9205.2

田父甲卣
商晚
4903

啓卣
西周早
5410

田父甲卣蓋
商晚
4903

田父甲斝
商晚
9205.1

郭公子戈
春秋早
近出 1164

窩鼎
西周早
國博館刊 2012.1

叔夷鎛
春秋晚
285

乙 849

父乙卣 西周早 滕墓上 282 頁圖 201.2	𦥑乙斝 商晚 9184.2	父乙觶 商晚 6097	豐簋 西周中 考古 2010.8	田父甲爵 商晚 8368
史方鼎 西周早 滕墓上 272 頁圖 194.1	莘盉 商晚 近出二 833	父乙觶 商晚 近出二 618	豐觥 西周中 中新網 2010.1.14	田父甲罍蓋 商晚 9785.1
史父乙尊 西周早 滕墓上 273 頁圖 195	史乙觶 西周早 滕州墓上 298 頁 圖 213.9	母乙爵 商晚 近出 814		田父甲罍 商晚 9785.2
史父乙尊 西周早 滕墓上 272 頁圖 194.1	乙魚簋 商 3063	𦥑乙斝 商晚 9184.1		豐鼎 西周早 考古 2010.8

丁 851　　丙 850

爻父丁卣蓋　商晚　4948.1	遇甗　西周中　948	　口邵爵　西周　山東成 575	史父乙角　西周早　滕墓上 262 頁圖 186	乎子父乙爵　西周早　8862
　爻父丁卣　商晚　4948.2	　子禾子釜　戰國中　10374	　宋公䜌簠　春秋晚　文物 2014.1	　文母日乙爵　西周早　山東成 575	　乎子父乙爵　西周早　8863
小臣俞犀尊　商晚　5990		　宋公䜌鼎　春秋晚　文物 2014.1	　桒盉　西周早　滕墓上 303 頁圖 218	　史父乙爵　西周早　滕墓上 261 頁圖 185.3
父丁爵　商晚　近出二 748			史父乙壺　西周早　滕墓上 276 頁圖 197.2	　史父乙爵　西周早　滕墓上 261 頁圖 185.4

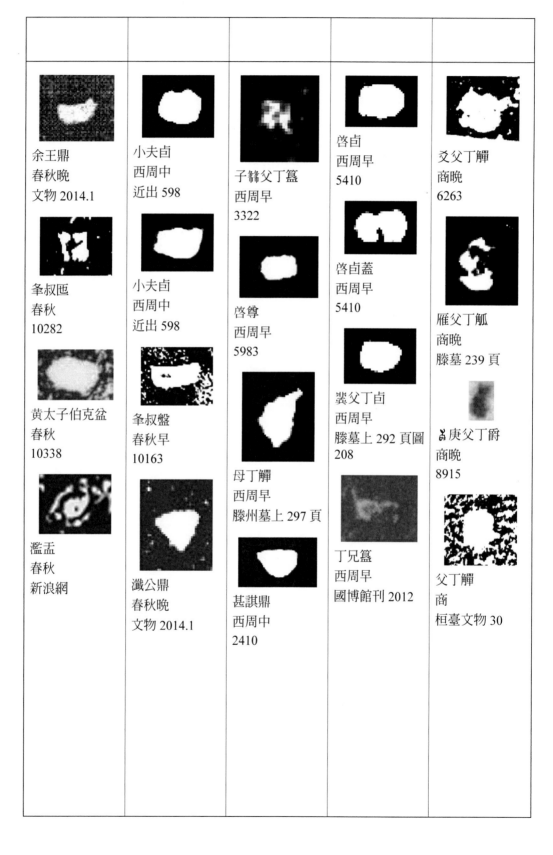

余王鼎
春秋晚
文物 2014.1

牵叔匜
春秋
10282

黃太子伯克盆
春秋
10338

濫盂
春秋
新浪網

小夫卣
西周中
近出 598

小夫卣
西周中
近出 598

牵叔盤
春秋早
10163

戠公鼎
春秋晚
文物 2014.1

子䊪父丁簋
西周早
3322

啓尊
西周早
5983

母丁觶
西周早
滕州墓上 297 頁

甚諆鼎
西周中
2410

啓卣
西周早
5410

啓卣蓋
西周早
5410

糞父丁卣
西周早
滕墓上 292 頁圖
208

丁兄簋
西周早
國博館刊 2012

爻父丁觶
商晚
6263

雁父丁觚
商晚
滕墓 239 頁

庚父丁爵
商晚
8915

父丁觶
商
桓臺文物 30

戉 852

	傳作父戉尊 西周早 5925		戉珌無壽觚 商中 近出 757	邳伯缶 戰國早 10006

叔夷鐘
春秋晚
272

傳作父戉尊
西周早
5925

舟父戉爵
西周早
9012

冉戉觶
商晚
6177

戉珌無壽觚
商中
近出 757

叔夷鎛
春秋晚
285

舟父戉爵
西周早
9013

父戉鼎
商晚
淄博市博物館

且戉爵
商中晚
通鑑 7780

邳伯缶
戰國早
10006

邳伯缶
戰國早
10007

陳純釜
戰國中
10371

劏甫作祖戉簋
西周早
總集 2312

冀父戉鼎
商晚
海岱 49.1

祖戉爵
商晚
新收 1064

父戉觶
商晚
6115

摹本
丁之十耳杯
戰國晚
新收 1079

梁白可忌豆
戰國
近出 543

成 853

				成
摹本 🔯成戈 戰國中晚 國博館刊 2012.9		叔夷鐘 春秋晚 2754	永祿休德鎛 春秋晚 山東成 903	叔卣內底 西周早 新出金文與西周 歷史 9 頁圖二.4
武城戈 戰國 海岱 37.69	叔夷鎛 春秋晚 285	叔夷鐘 春秋晚 278	不嬰簋 西周晚 4328	叔尊內底 西周早 新出金文與西周 歷史 8 頁圖二.1
		成陽辛城里戈 春秋晚 11154	叔夷鐘 春秋晚 272	㠯生鼎 春秋早 2524

己 854

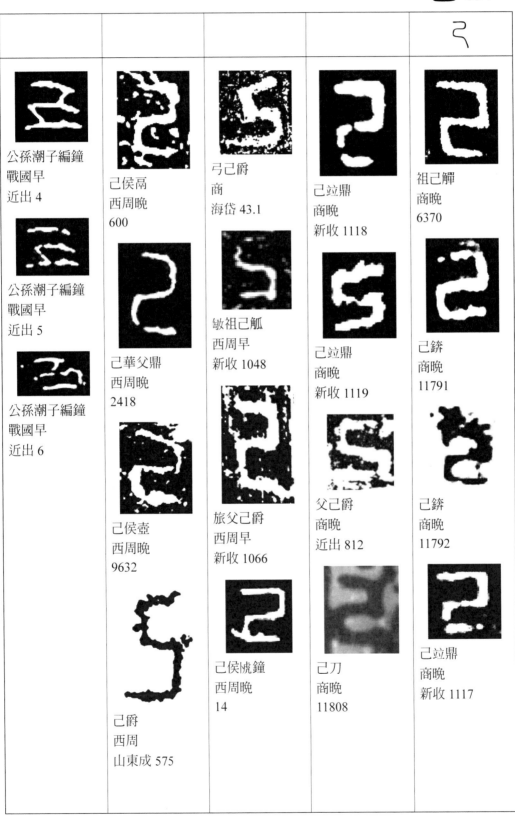

公孫潮子編鐘
戰國早
近出 4

公孫潮子編鐘
戰國早
近出 5

公孫潮子編鐘
戰國早
近出 6

己侯鬲
西周晚
600

己華父鼎
西周晚
2418

己侯壺
西周晚
9632

己爵
西周
山東成 575

弓己爵
商
海岱 43.1

敏祖己瓶
西周早
新收 1048

旅父己爵
西周早
新收 1066

己侯虎鐘
西周晚
14

己立鼎
商晚
新收 1118

己立鼎
商晚
新收 1119

父己爵
商晚
近出 812

己刀
商晚
11808

祖己觶
商晚
6370

己錛
商晚
11791

己錛
商晚
11792

己立鼎
商晚
新收 1117

庚 856　　　眔 855

庚父丁爵
商晚
8915

父庚爵
商
山東成 535

顢鼎
西周早
2037

眔伯婬父匜
西周晚
10211

紀伯子婬父盨蓋
西周晚
4445

紀伯子婬父盨
西周晚
4445

眔孟姜匜
西周晚
10240

紀伯子婬父盤
西周晚
10081

紀伯子婬父盨蓋
西周晚
4443

紀伯子婬父盨
西周晚
4443

紀伯子婬父盨蓋
西周晚
4444

紀伯子婬父盨蓋
西周晚
4444

紀仲觶
西周中
6511.1

紀仲觶
西周中
6511.2

眔侯弟鼎
西周中晚
2638

紀伯子婬父盨蓋
西周晚
4442

辛 857

		辛		

裘祖辛罍
商晚
9806

裘祖辛卣蓋
商晚
5201

祖辛禹方鼎
商晚
2112

莒平鐘
春秋晚
174

旅鼎
西周早
2728

父辛罍
商晚
9216

田父辛方鼎
商晚
1642

莒平鐘
春秋晚
180

徍父庚爵
西周早
9058

父辛罍
商晚
9170

裘祖辛卣
商晚
5201

父辛罍
商晚
9217

祖辛禹方鼎
商晚
2111

莒平鐘
春秋晚
173

犧作父辛卣
商晚
5285

裘禹祖辛卣
商晚
圖像集成 13077

父辛爵
商晚
海岱 40.4

 伯口卣 西周早 5393  伯憲盉蓋 西周早 9430  伯憲盉 西周早 9430  乍父辛尊 西周中 近出 62	    辛罍簋 西周早 新收 1148	  憲鼎 西周早 2749  束作父辛卣蓋 西周早 5333	父辛鬲 商或西周早 近出 123  束作父辛卣 西周早 5333  父辛卣蓋 西周早 4974	榮鬥父辛觶蓋 商晚 新收 1165 榮鬥父辛觶 商晚 新收 1165 父辛魚觶 商晚 海岱 35.1  父辛爵 商晚 桓臺文物 24

辭 859　　　　彝 858

魯司徒仲齊盨蓋
西周晚
4441.2

魯司徒仲齊盤
西周晚
10116

魯司徒仲齊匜
西周晚
10275

魯司徒仲齊盨
西周晚
4440.2

司馬南叔匜
西周晚
10241

魯司徒仲齊盨蓋
西周晚
4441.1

異侯弟鼎
西周中晚
集成 2638

引簋
西周中晚
海岱 37.6

魯司徒仲齊盨
西周晚
4440.1

黿叔豸父簠
春秋早
4592

叔夷鐘
春秋晚
273

叔夷鎛
春秋晚
285

乍父辛尊
西周中
近出 629

亞異矣作母辛簋
西周中
總集 4808

成陽辛城里戈
春秋晚
11154

癸 861　　壬 860

父癸觚 商中 桓臺文物 24	引簋 西周中晚 海岱 37.6	魯大左司徒元鼎 春秋中 2592	魯大司徒厚氏元 簠蓋 春秋早 4691	魯大司徒厚氏元 簠 春秋早 4689
史母癸觚 商晚 近出 747		叔夷鐘 春秋晚 273	魯大司徒厚氏元 簠 春秋早 4691	魯大司徒厚氏元 簠蓋 春秋早 4690.1
束父癸觚 商晚 海岱 95.1		叔夷鎛 春秋晚 285	魯大司徒厚氏元 盂 春秋早 10316	魯大司徒厚氏元 簠 春秋早 4690.2
宅止癸爵 商晚 新收 1166				

史子壺
西周早
滕墓上 276 頁圖
197.1

父癸爵
西周早
圖像集成 7635

魚父癸鼎
西周早
海岱 35.2

癸兄婦口尊
西周早
滕墓上 272 頁圖
194.2

史子角
西周早
滕墓上 266 頁圖
187.2

史子角
西周早
滕墓上 266 頁圖
189.1

宁◼卣蓋
西周早
近出 593

叔父癸鬲
西周早
近出 120

矢伯獲卣蓋
西周早
5291.1

矢伯獲卣
西周早
5291.2

冉父癸爵
商晚
8723

索冊父癸卣
商晚或西周早
近出 581

叔父癸爵
西周早
近出 888

宁◼卣
西周早
近出 593

郭父癸觚
商晚
海岱 95.1

母癸爵
商晚
近出 815

剌父癸爵
商晚
近出 889

爻父癸觶
商
山東成 505

子 862

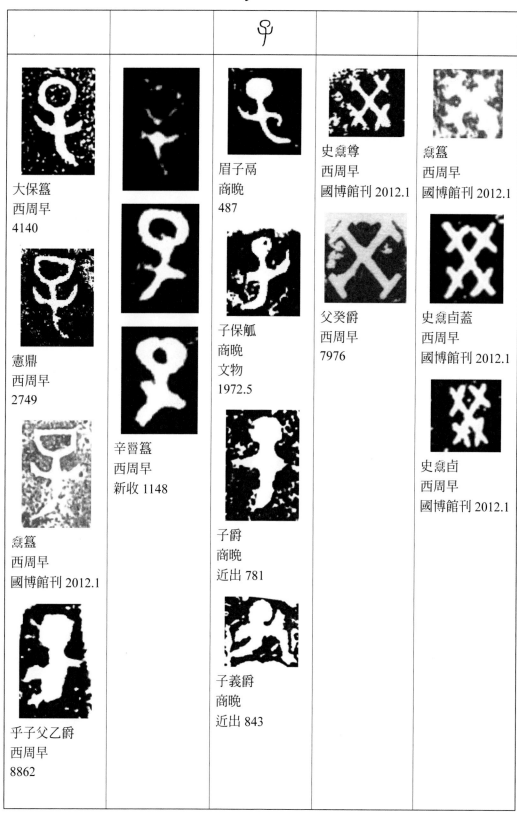

大保簋 西周早 4140		眉子鬲 商晚 487	史龹尊 西周早 國博館刊 2012.1	龹簋 西周早 國博館刊 2012.1
憲鼎 西周早 2749	辛譻簋 西周早 新收 1148	子保觚 商晚 文物 1972.5	父癸爵 西周早 7976	史龹卣蓋 西周早 國博館刊 2012.1
龹簋 西周早 國博館刊 2012.1		子爵 商晚 近出 781		史龹卣 西周早 國博館刊 2012.1
乎子父乙爵 西周早 8862		子義爵 商晚 近出 843		

齊巫姜簋
西周晚
3893

鑄子叔黑臣簋
西周晚
3944

孟弢父簋蓋
西周晚
3960

孟弢父簋
西周晚
3960

釐伯鬲
西周晚
664

己華父鼎
西周晚
2418

杞伯每亡鼎
西周晚或春秋早
2494.1

杞伯每亡鼎
西周晚或春秋早
2494.2

郙仲簠
西周中晚
新收 1045

郙仲簠蓋
西周中晚
新收 1045

郙仲簠
西周中晚
新收 1046

釐伯鬲
西周晚
663

史子壺
西周早
滕墓上 276 頁圖
197.1

取子鉞
西周早
11757

引簋
西周中晚
海岱 37.6

異侯弟鼎
西周中晚
2638

子鬲父丁簋
西周早
3322

乎子父乙爵
西周早
8863

史子角
西周早
滕墓上 266 頁圖
187.2

史子角
西周早
滕墓上 266 頁圖
189.1

司馬南叔匜 西周晚 10241	曩伯子宑父盨蓋 西周晚 4445.1	曩伯子宑父盨蓋 西周晚 4443.1	魯司徒仲齊盨 西周晚 4440.1	孟弢父簋 西周晚 3961
魯司徒仲齊匜 西周晚 10275	曩伯子宑父盨 西周晚 4445・2	曩伯子宑父盨 西周晚 4443.2	魯司徒仲齊盨 西周晚 4440.2	孟弢父簋 西周晚 3962
伯齏父盤 西周晚 10103	冑簋 西周晚 4532	曩伯子宑父盨 西周晚 4444・1	魯司徒仲齊盨蓋 西周晚 4441.1	孟弢父簋蓋 西周晚 3963
勾它盤 西周晚 10141	銘仲簋 西周晚 4534	曩伯子宑父盨 西周晚 4444.2	魯司徒仲齊盨 西周晚 4441.2	不嬰簋 西周晚 4328

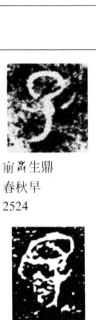

甹盙生鼎
春秋早
2524

鑄子叔黑臣鼎
春秋早
2587

郳口伯鼎
春秋早
2640

郳口伯鼎
春秋早
2641

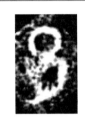

郳友父鬲
春秋早
圖像集成 2941

鑄子叔黑臣鬲
春秋早
735

郳友父鬲
春秋早
遺珍 29-30

郜造鼎
春秋早
2422

□□作旅甗
西周
海岱 1.13

齊趠父鬲
春秋早
685

齊趠父鬲
春秋早
686

郳友父鬲
春秋早
圖像集成 2939

爰士父鬲
西周晚
715

爰士父鬲
西周晚
716

杞伯每亡鼎
西周晚或春秋早
2495

杞伯每亡鼎
西周晚或春秋早
2642

魯仲齊甗
西周晚
939

魯仲齊鼎
西周晚
2639

蔡姑簋
西周晚
4198

紀伯子庭父盨蓋
西周晚
4442

鑄子叔黑臣簠 春秋早 4570.2	杞伯每亡簋蓋 春秋早 3900	曹伯狄簋 春秋早 4019	杞伯每亡簋 春秋早 3898	上曾太子鼎 春秋早 2750
鑄子叔黑臣簠蓋 春秋早 4571	滕侯盨 春秋早 遺珍 99 頁	邿遣簋 春秋早 4040・1	杞伯每亡簋蓋 春秋早 3899.1	鄩甘辜鼎 春秋早 新收 1091
鑄子叔黑臣簠 春秋早 4571	走馬薛仲赤簠 春秋早 4556	邿遣簋 春秋早 4040・2	杞伯每亡簋蓋 春秋早 3900	杞伯每亡簋 春秋早 3897
鑄公簠蓋 春秋早 4574	鑄子叔黑臣簠蓋 春秋早 4570.1	杞伯每亡簋 春秋早 3899.2	杞伯每亡簋 春秋早 3901	杞伯每亡簋蓋 春秋早 3898

黿公子害簠蓋
春秋早
遺珍 67

齊侯子行匜
春秋早
10233

商丘叔簠
春秋早
新收 1071

畢仲弁簠
春秋早
遺珍 48

黿公子害簠
春秋早
遺珍 67

正叔止士𣪘䲺俞
簠
春秋早
遺珍 42-44

正叔止士𣪘俞簠
蓋
春秋早
遺珍 42-44

黿慶簠
春秋早
遺珍 116

魯大司徒厚氏元
簠
春秋早
4690.2

魯大司徒厚氏元
簠
春秋早
4691

魯大司徒厚氏元
簠蓋
春秋早
4691

魯大司徒厚氏元
簠
春秋早
4689

黿叔豸父簠
春秋早
4592

魯大司徒厚氏元
簠蓋
春秋早
4690.1

魯宰虢簠蓋
春秋早
遺珍 45-46

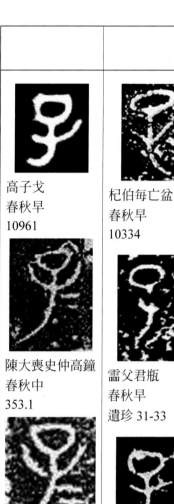

高子戈
春秋早
10961

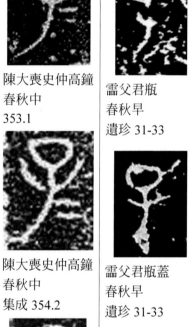

陳大喪史仲高鐘
春秋中
353.1

陳大喪史仲高鐘
春秋中
集成 354.2

陳大喪史仲高鐘
春秋中
集成 355.2

杞伯每亡盆
春秋早
10334

霝父君瓶
春秋早
遺珍 31-33

霝父君瓶蓋
春秋早
遺珍 31-33

子備璋戈
春秋早
近出 1140

尋仲盤
春秋早
10135

干氏叔子盤
春秋早
10131

昆君婦媿霝壺
春秋
遺珍 63-65

尋仲匜
春秋早
10266

郭公子戈
春秋早
近出 1164

子皇母簠
春秋早
遺珍 49-50

鑄公簠
春秋早
山東存鑄 2.1

杞伯每亡匜
春秋早
10255

杞伯每亡壺
春秋早
9688

國子鼎
春秋晚
1348

國子鼎蓋
春秋晚
1348

國子中官鼎 2
春秋晚
1935

國子中官鼎 3
春秋晚
1935

莒平鐘
春秋晚
179

叔夷鐘
春秋晚
274

叔夷鐘
春秋晚
278

叔夷鎛
春秋晚
285

莒平鐘
春秋晚
176

莒平鐘
春秋晚
177

莒平鐘
春秋晚
180

莒平鐘
春秋晚
172

莒平鐘
春秋晚
174

莒平鐘
春秋晚
175

余子汆鼎
春秋中
2390

郜公典盤
春秋中
近出 1009

齊侯盤
春秋中
10117

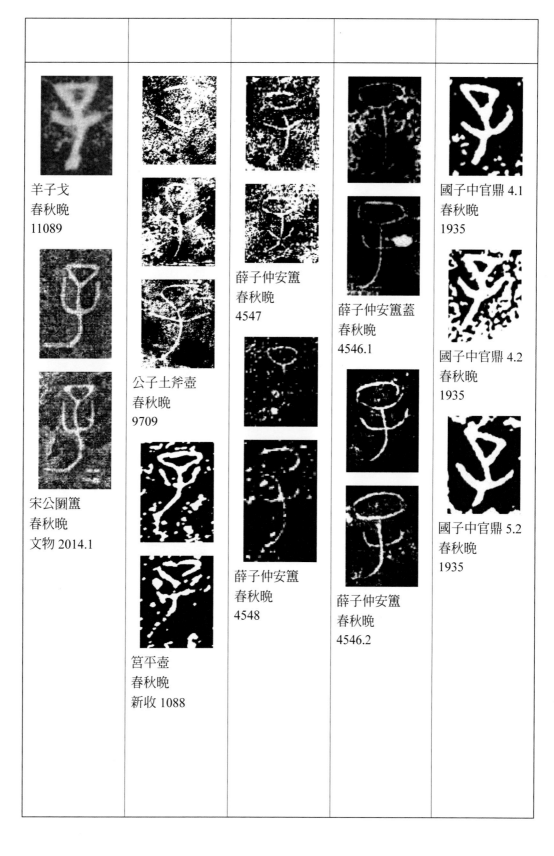

羊子戈
春秋晚
11089

宋公固簠
春秋晚
文物 2014.1

公子土斧壺
春秋晚
9709

筥平壺
春秋晚
新收 1088

薛子仲安簠
春秋晚
4547

薛子仲安簠
春秋晚
4548

薛子仲安簠蓋
春秋晚
4546.1

薛子仲安簠
春秋晚
4546.2

國子中官鼎 4.1
春秋晚
1935

國子中官鼎 4.2
春秋晚
1935

國子中官鼎 5.2
春秋晚
1935

公孫潮子編鐘
戰國早
近出 4

公孫潮子編鐘
戰國早
近出 5

公孫潮子編鐘
戰國早
近出 6

公孫潮子編鐘
戰國早
近出 7

郳公子害簠
春秋
遺珍 67

郳公子害簠蓋
春秋
遺珍 67

子悍子戈
春秋
10958

郑遣簠
春秋
通鑒 5277

賈孫叔子屖盤
春秋
山東成 675

濫盂
春秋
新浪網

莒大叔壺
春秋晚
近出二 876

黃太子伯克盆
春秋
10338

鄩子繡戈
春秋晚
文物 2014.1

宋公䍐鼎
春秋晚
文物 2014.1

季 863

季作寶彝鼎
西周早
1931 |

陳子皮戈
戰國
11126 |

徒戟
戰國晚
近出 1132 |

邳伯缶
戰國早
10007 |

工師厚子鼎
戰國早
近出 261 |
|

王季鼎
西周早
2031 |

子壴徒戟
戰國
近出 1132 |

虡台丘子俟戈
戰國晚
圖像集成 17063 | |

邳伯缶
戰國早
10006 |
|

魯伯大父簋
春秋早
3974 |

不降戈
戰國
11286 |

梁白可忌豆
戰國
近出 543 |

子禾子釜
戰國中
10374 | |

孟 864

齊趫父鬲 春秋早 685	孟弢父簋 西周晚 3963.2	孟弢父簋蓋 西周晚 3960	郙仲簠蓋 西周中晚 新收 1045	夆叔盤 春秋早 10163
弗敏父鼎 春秋早 2589	不嬰簋 西周晚 4328	孟弢父簋 西周晚 3960	郙仲簠 西周中晚 新收 1045	夆叔匜 春秋 10282
鑄公簠蓋 春秋早 4574	鄦姬鬲 西周晚 新收 1070	孟弢父簋 西周晚 3962	郙仲簠 西周中晚 新收 1046	濫盂 春秋 新浪網
黿叔多父簋 春秋早 4592	齊趫父鬲 春秋早 686	孟弢父簋 西周晚 3963.1		

羞 867　　丑 866　　疑 865

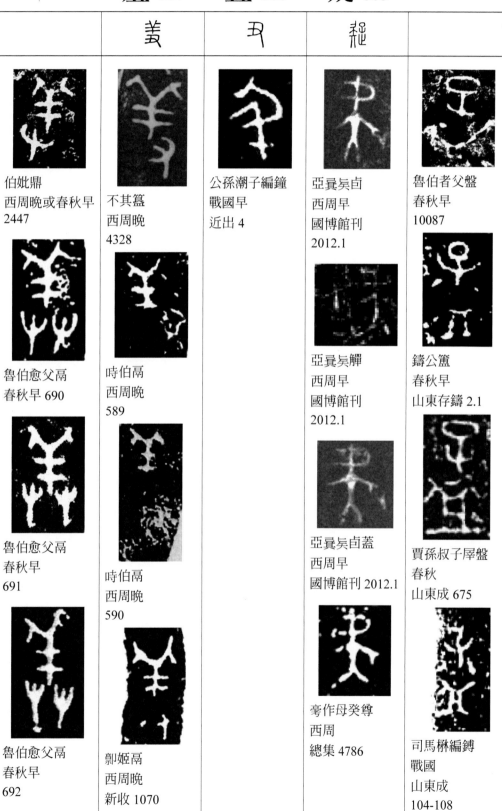

羞 867		丑 866	疑 865	
伯姓鼎 西周晚或春秋早 2447	不其簋 西周晚 4328	公孫潮子編鐘 戰國早 近出 4	亞戛吳卣 西周早 國博館刊 2012.1	魯伯者父盤 春秋早 10087
魯伯愈父鬲 春秋早 690	峕伯鬲 西周晚 589		亞戛吳觶 西周早 國博館刊 2012.1	鑄公簠 春秋早 山東存鑄 2.1
魯伯愈父鬲 春秋早 691	峕伯鬲 西周晚 590		亞戛吳卣蓋 西周早 國博館刊 2012.1	賈孫叔子屖盤 春秋 山東成 675
魯伯愈父鬲 春秋早 692	鄩姬鬲 西周晚 新收 1070		夆作母癸尊 西周 總集 4786	司馬枒編鎛 戰國 山東成 104-108

辰 869　　　寅 868

辰		寅		

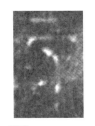

鬲鼎
西周早
國博館刊 2012.1

陳純釜
戰國中
10371

遇甗
西周中
948

倪慶鬲
春秋早
圖像集成 2866

魯伯愈父鬲
春秋早
693

叔夷鐘
春秋晚
272

子禾子釜
戰國中
10374

叔夷鐘
春秋晚
272

倪慶鬲
春秋早
圖像集成 2867

魯伯愈父鬲
春秋早
694

叔夷鎛
春秋晚
285

四十一年工右耳
杯
戰國晚
新收 1077

叔夷鎛
春秋晚
285

倪慶鬲
春秋早
圖像集成 2868

魯伯愈父鬲
春秋早
695

梁白可忌豆
戰國
近出 543

目 871　巳 870

			目	8

紀伯子㝬父盨
西周晚
4443.2

紀伯子㝬父盨蓋
西周晚
4443

紀伯子㝬父盨蓋
西周晚
4442

不娶簋
西周晚
4328

紀伯子㝬父盨
西周晚
4442

小臣俞犀尊
商晚
5990

午 872

午			
 子禾子釜 戰國中 10374 司馬楙編鎛 戰國 山東成 104-108	 史午觚 西周早 滕州墓上 242 頁 圖 171 莒平鐘 春秋晚 173 莒平鐘 春秋晚 174 莒平鐘 春秋晚 180	 己侯壺 西周晚 9632 筥平壺 春秋晚 新收 1088	 紀伯子庭父盨 西周晚 4445.1 紀伯子庭父盨 西周晚 4445.2	 紀伯子庭父盨 西周晚 4444・2 紀伯子庭父盨 西周晚 4444.1

酉 875　　申 874　　未 873

		酉	申	未
莒平鐘 春秋晚 178	莒平鐘 春秋晚 172	憲鼎 西周早 2749	旅鼎 西周早 2728	未罛 西周早 滕墓上 225 頁圖 158.2
莒平鐘 春秋晚 179	莒平鐘 春秋晚 175	正叔止士敱俞簠蓋 春秋早 遺珍 42-44	鳶鼎 西周早 國博館刊 2012.1	
莒平鐘 春秋晚 180	莒平鐘 春秋晚 177	魯宰虢簠蓋 春秋早 遺珍 45-46	引簋 西周中晚 海岱 37.6	
			不其簋 西周晚 4328	

奠 878　　配 877　　醴 876

		奠	配	醴

裴婦闌斝
商
總集 4342

滕侯方鼎
西周早
2154

滕侯方鼎蓋
西周早
2154

舟父戊爵
西周早
9013

鄧公盉
商晚
圖像集成 14684

莑盉
商晚
近出二 833

𤔲爐作父辛卣
商晚
5285

邁方鼎
西周早
2159

舟父戊爵
西周早
9012

叔夷鐘
春秋晚
275

叔夷鐘
春秋晚
280

叔夷鎛
春秋晚
285

郳君慶壺
春秋早
遺珍 35-38

郳君慶壺蓋
春秋早
遺珍 35-38

史箕卣 西周早 國博館刊 2012.1	滕侯簋 西周早 3670	斿鼎 西周早 山東成 140	冏監鼎 西周早 近出 297	邁方鼎 西周早 2157
史箕尊 西周早 國博館刊 2012.1	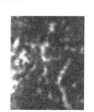箕鼎 西周早 國博館刊 2012.1	斿鼎 西周早 2347	夆方鼎 西周早 近出 275	邁方鼎 西周早 2158
亞員矣卣 西周早 國博館刊 2012.1	箕簋 西周早 國博館刊 2012.1	簋 西周早 3469	王姜鼎 西周早 近出 308	旅鼎 西周早 2728
	史箕卣蓋 西周早 國博館刊 2012.1			

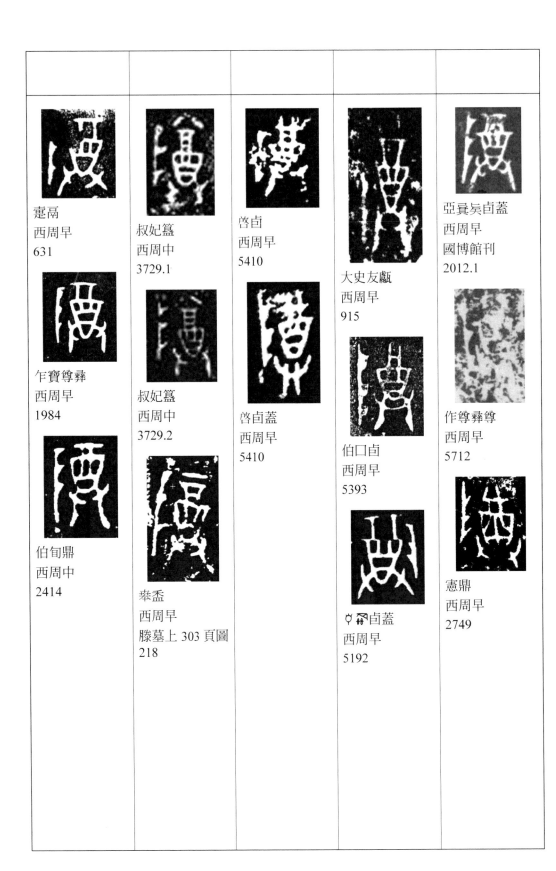

憲鬲
西周早
631

乍寶尊彝
西周早
1984

伯旬鼎
西周中
2414

叔妃簋
西周中
3729.1

叔妃簋
西周中
3729.2

叅盉
西周早
滕墓上 303 頁圖
218

啓卣
西周早
5410

啓卣蓋
西周早
5410

大史友甗
西周早
915

伯口卣
西周早
5393

♀卣蓋
西周早
5192

亞疊矣卣蓋
西周早
國博館刊
2012.1

作尊彝尊
西周早
5712

憲鼎
西周早
2749

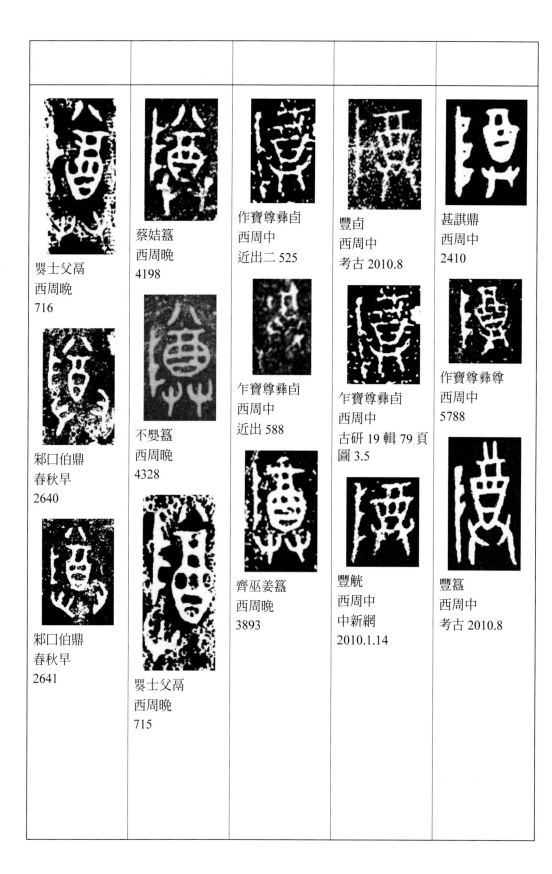

<table>
<tr><td>

奰士父鬲
西周晚
716

邾口伯鼎
春秋早
2640

邾口伯鼎
春秋早
2641

</td><td>

蔡姞簋
西周晚
4198

不嬰簋
西周晚
4328

奰士父鬲
西周晚
715

</td><td>

作寶尊彝卣
西周中
近出二 525

乍寶尊彝卣
西周中
近出 588

齊巫姜簋
西周晚
3893

</td><td>

豐卣
西周中
考古 2010.8

乍寶尊彝卣
西周中
古研 19 輯 79 頁
圖 3.5

豐觥
西周中
中新網
2010.1.14

</td><td>

甚諆鼎
西周中
2410

作寶尊彝尊
西周中
5788

豐簋
西周中
考古 2010.8

</td></tr>
</table>

亥 879

梁白可忌豆 戰國 近出 543	濫盂 春秋 新浪網	曾口口簠 春秋晚 4614	夆叔盤 春秋早 10163	鄵甘辜鼎 春秋早 新收 1091
	邿伯缶 戰國早 10006	夆叔匜 春秋 10282	戠公鼎 春秋晚 文物 2014.1	邿伯缶 戰國早 10006
	邿伯缶 戰國早 10007	黃太子伯克盆 春秋 10338	余王鼎 春秋晚 文物 2014.1	邿伯缶 戰國早 10007

山東出土金文編　合文

四千 05　三百 04　二四 03　二月 02　一人 01

叔夷鐘
春秋晚
273

叔夷鎛
春秋晚
285

叔夷鐘
春秋晚
273

叔夷鐘
春秋晚
275

叔夷鎛
春秋晚
285

師給銅泡
戰國晚
11862

辛嚳簋
西周早
新收 1148

寢鼎
西周中
2721

鑄叔皮父簋
春秋早
4127

叔夷鐘
春秋晚
274

叔夷鎛
春秋晚
285

少子 10　十朋 09　五百 08　五十 07　四匹 06

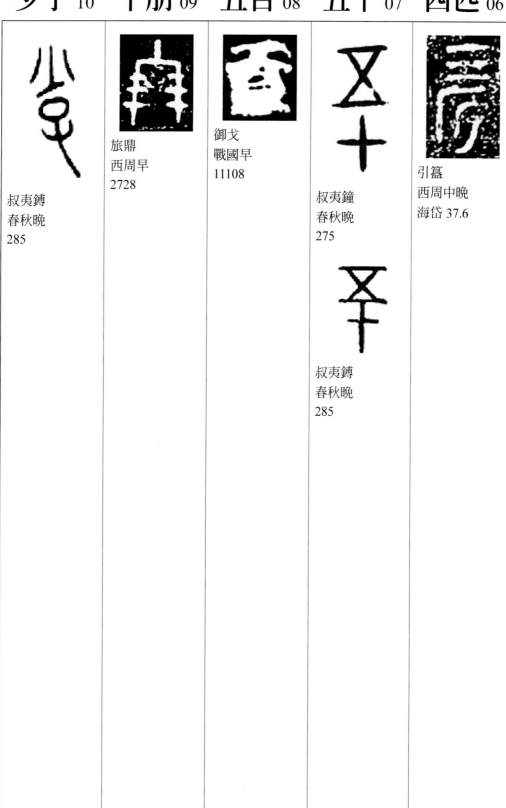

叔夷鎛
春秋晚
285

旅鼎
西周早
2728

御戈
戰國早
11108

叔夷鐘
春秋晚
275

叔夷鎛
春秋晚
285

引簋
西周中晚
海岱 37.6

父丁 15　父乙 14　小心 13　小臣 12　小子 11

仲子觥
商或西周早
9298.1

仲子觥
商或西周早
9298.2

木父乙鼎
西周早
國博館刊 2012.1

叔夷鐘
春秋晚
272

叔夷鎛
春秋晚
285

小臣俞犀尊
商
5990

己侯壺
西周晚
9632

不嬰簋
西周晚
4328

厚子 20　彤矢 19　彤弓 18　工帀 17　父癸 16

厚子 20	彤矢 19	彤弓 18	工帀 17	父癸 16
  工師厚子鼎 戰國早 近出 261	 引簋 西周中晚 海岱 37.6	 引簋 西周中晚 海岱 37.6	 工師厚子鼎 戰國早 近出 261 十年洱陽令戈 戰國 近出 1195 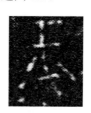 十年鈹 戰國 11685	 亞異矣卣 西周早 國博館刊 2012.1 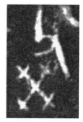 亞異矣卣蓋 西周早 國博館刊 2012.1

得工 25	四菐 24	夫人 23	二朋 22	卌 21
 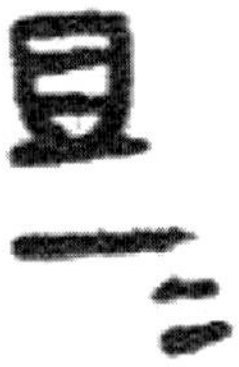 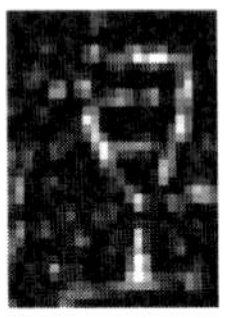  十年鈹 戰國 11685	 師紿銅泡 戰國晚 11862	 莡陞夫人燈 戰國晚 新收 1081  莡陞夫人鐘磬架構件 戰國晚 新收 1082  莡陞夫人鐘磬架構件 戰國晚 新收 1083  莡陞夫人鐘磬架構件 戰國晚 新收 1084  莡陞夫人銀匜 戰國晚 新收 1085	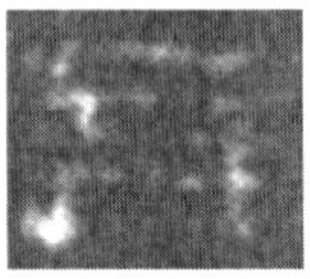 鬵鼎 西周早 國博館刊 2012.1	 四十一年工右耳杯 戰國晚 新收 1077

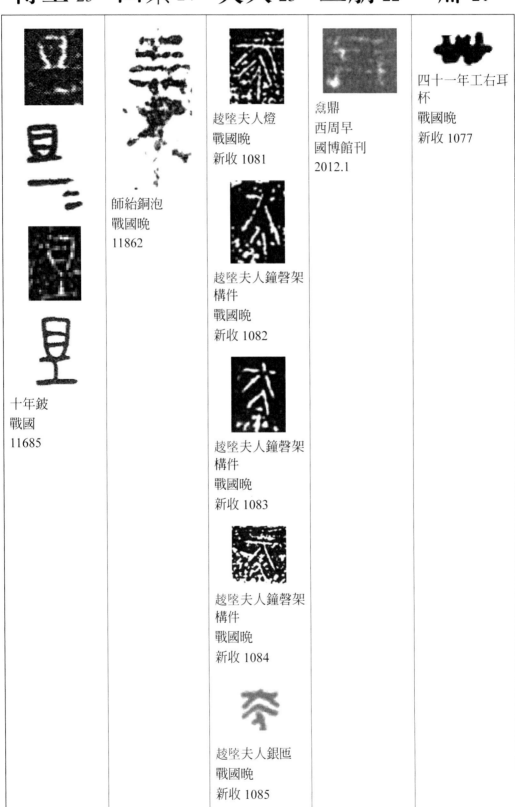

山東出土金文編　附錄一

04	03	02	01
戎爵 商晚 7388	亞口口觶 西周早 滕墓上 298 頁圖 213.2	佣觚 商晚 山東成 511.1	劃函作祖戊簋 西周早 3684
戎甗 商晚 784			
簋 商晚 2921	戎觚 商晚 6707		
方鼎 商晚 新收 1526	戎觚 商晚 6708		

07　　　06　　　05

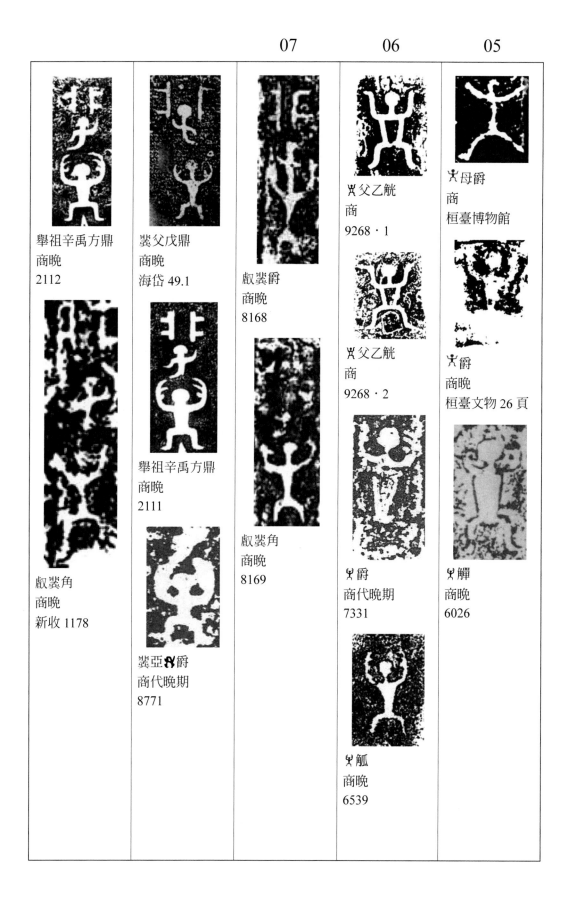

舉祖辛禹方鼎
商晚
2112

叡斐角
商晚
新收 1178

斐父戊鼎
商晚
海岱 49.1

舉祖辛禹方鼎
商晚
2111

斐亞🔣爵
商代晚期
8771

叡斐爵
商晚
8168

叡斐角
商晚
8169

🔣父乙觥
商
9268 · 1

🔣父乙觥
商
9268 · 2

🔣爵
商代晚期
7331

🔣觚
商晚
6539

🔣母爵
商
桓臺博物館

🔣爵
商晚
桓臺文物 26 頁

🔣觶
商晚
6026

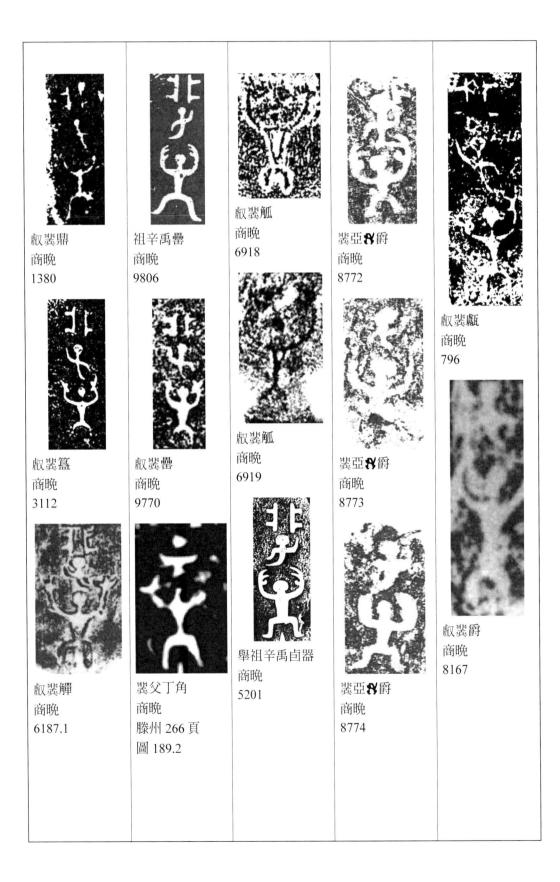

叡裴鼎
商晚
1380

祖辛禹罍
商晚
9806

叡裴瓠
商晚
6918

裴亞𢦏爵
商晚
8772

叡裴甋
商晚
796

叡裴簋
商晚
3112

叡裴罍
商晚
9770

叡裴瓠
商晚
6919

裴亞𢦏爵
商晚
8773

叡裴觶
商晚
6187.1

裴父丁角
商晚
滕州 266 頁
圖 189.2

舉祖辛禹卣器
商晚
5201

裴亞𢦏爵
商晚
8774

叡裴爵
商晚
8167

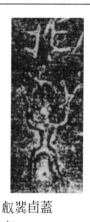

叔夨卣蓋
商
4877.1

夨父乙觥
商
9270

夨亞嶔卣
商晚
5011.2

夨禹祖辛卣
商晚
圖像集成 13077

叔夨觶
商晚
6187.2

叔夨卣
商
4877.2

叔夨卣
商
4878

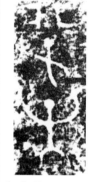

叔夨盉
商晚
9327

叔夨罍
商晚
9176

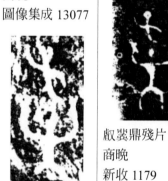

叔夨鼎殘片
商晚
新收 1179

婦闌罍蓋
商
9820

叔夨卣
商晚
4879

舉盧圓鼎
商
山東成 111

夨亞嶔卣
商晚
5011.1

叔夨豆
商晚
4652

08

魯伯愈父鬲
春秋早
690

魯伯愈父鬲
春秋早
694

魯伯愈父鬲
春秋早
691

魯伯愈父鬲
春秋早
692

魯伯愈父鬲
春秋早
695

魯伯愈父盤
春秋早
10114

冀父丁卣
西周早
滕墓上 292 頁圖
208

員方鼎
西周中
2695

冀婦闖觥蓋
西周
總集 4924

冀父辛觚
商
總集 6236

冀角
商或西周早
7420

冀罍
西周早
9737

冀亞次
商
總集 6122

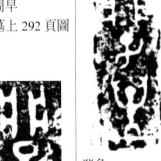

文父丁觥
商
9284.1

文父丁觥
商
9284.2

10   09

己竝鼎
商晚
新收 1117

己竝鼎
商晚
新收 1118

己竝鼎
商晚
新收 1119

鼎
商晚
1018

鬲
西周早
滕墓上 226 頁圖
159.2

卣蓋
商晚
4776

簋
商晚
2931

鼎
商晚
1018

魯伯愈父盤
西周晚
10114

魯伯愈父盤
西周晚
10115

魯伯愈父鬲
春秋早
693

魯伯愈父匜
春秋早
10244

魯伯愈父盤
西周晚
10113

15	14	13	12	11
 周窐匜 西周晚 10218	 月爵 商晚 圖像集成 6441	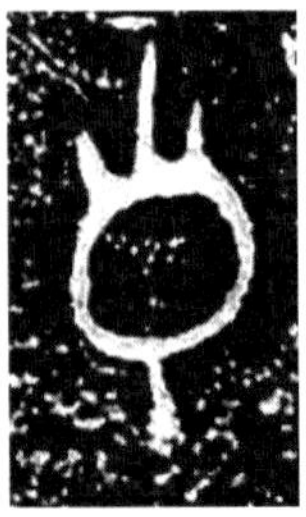 䵼鼎 西周早 2063	 [illegible]卣 商晚 4785	 母丁觶蓋 西周早 滕州墓上 297 頁
		 [illegible]卣蓋 西周早 5192	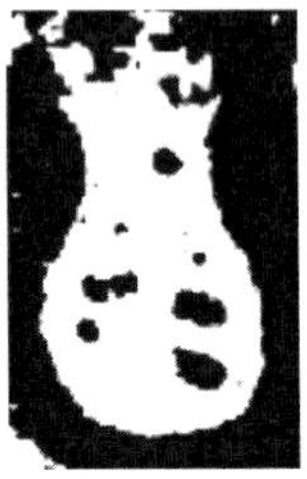 [illegible]卣蓋 商晚 4785	

19	18	17		16
寧☖卣 西周早 近出 593	☖爵 商晚 海岱 12.1	父辛卣蓋 西周早 4974	父辛斝 商晚 9217	戊觶 商晚 6177
寧☖卣蓋 西周早 近出 593	☖爵 商晚 海岱 12.2		觶 西周早 近出二 597	父癸爵 商晚 8723
				父辛斝 商晚 9216

24	23	22	21	20
臣觚 商 6746	卣 西周早 近出 593 卣蓋 西周早 近出 593	爵 商晚 海岱 40.5	辠錡 商晚 圖像集成 19294 辠簋 商 總集 1690 羍爵 商晚 海岱 48.1	鼎 商晚 1140 祖己觶 商晚 6370

29	28	27	26	25
爵 商 山東成 537.2	己爵 商 總集 3524	尊 商晚 5508	剢尊 商晚 近出 607	亞秋爵 商晚 7814 亞秋舟爵 商晚 8782

34	33	32	31	30
爰禹祖辛卣 商晚 圖像集成 13077 祖辛禹罍 商晚 9806	亞矣爵 商 山東成 560.1	亞矛戈 商晚 10844	祖己觶 商晚 6370	眉子鬲 商晚 487 惙丁爵 商晚 8189 孫丁簋 商 山東成 264

	37	36		35

亞醜鉞
商晚
11743

亞醜觶
商晚
6160

亞醜瓶
商晚
近出 728

亞醜矛
商晚
11438

亞此犧尊蓋
西周早
5569.1

亞此犧尊
西周早
5569.2

舉祖辛禹方鼎
商晚
2111

舉祖辛禹方鼎
商晚
2112

舉祖辛禹卣蓋
商晚
5201

舉祖辛禹卣
商晚
5201

38

 亞貟矣觶 西周早 國博館刊 2012.1  亞貟矣卣 西周早 國博館刊 2012.1	 亭作母癸尊 西周 總集 4786   亞貟矣作母辛簋 西周中 總集 4808	 亞醜爵 商晚 7783  亞醜鐃 商晚 11797  亞醜爵 商晚 近出 827	 亞醜矛 商晚 11440  亞醜矛 商晚 11442  亞醜矛 商晚 11443	 亞醜矛 商晚 11439  亞醜矛 商晚 11441A  亞醜矛 商晚 11441B

43	42	41	40	39
亞ퟛ戈 商晚 10844.1 亞ퟛ戈 商晚 10844.2	亞□□觶 商晚 近出二 611	亞畐父丁爵 商晚 海岱 49.4	父乙觶 商晚 近出二 618	孝卣 商 5377

		46	45	44
		鐘 西周晚 新收 1104	乙罟 商晚 9184.1 乙罟 商晚 9184.2	徟父庚爵 西周早 9058

山東出土金文編　附録二

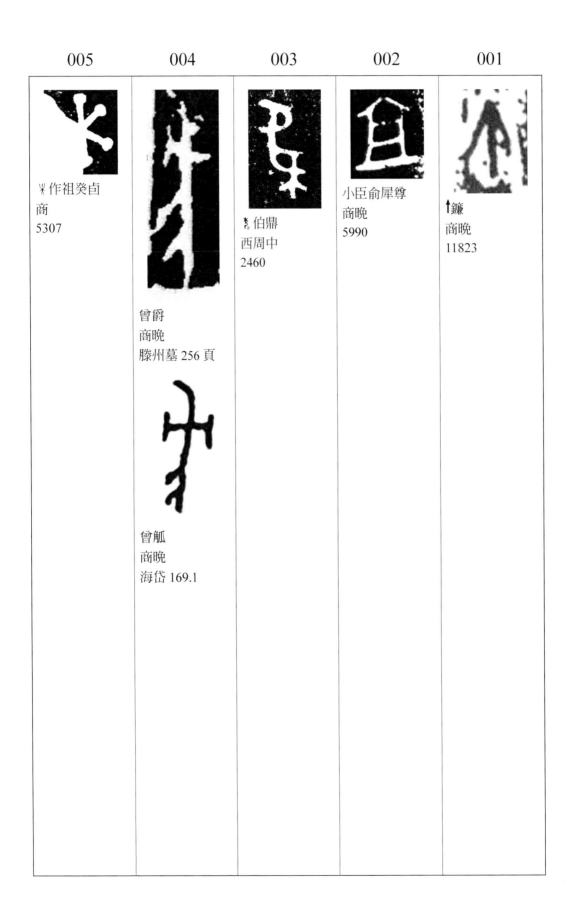

005　　　004　　　003　　　002　　　001

▼作祖癸卣
商
5307

曾爵
商晚
滕州墓 256 頁

曾觚
商晚
海岱 169.1

▼伯鼎
西周中
2460

小臣俞犀尊
商晚
5990

↑鐮
商晚
11823

010	009	008	007	006
 父辛鬲 西周早 近出 123	 刀 商晚 11807	 辛嚳簋 西周早 新收 1148	 夷爵 滕州墓上 250 頁 圖 226	 莽盉 西周早 滕墓上 303 頁圖 218

015	014	013	012	011
Ｘ右爵 商晚 近出 860	屮戈 商晚 近出 1063	夰壺 春秋早 新收 1044 夰壺蓋 春秋早 新收 1044	司馬楙編鎛 戰國 山東成 106	夰爵 商 滕州墓上 250 頁 圖 226

020	019	018	017	016
穎卣 西周 海岱 89.2	棷亞𤔔爵 商晚 8771 棷亞𤔔爵 商晚 8772 棷亞𤔔爵 商晚 8774	棷亞𤔔卣 商晚 5011.1 棷亞𤔔卣 商晚 5011.2	仲子觥 商或西周早 9298.1 仲子觥 商或西周早 9298.2	鄭右工戈 春秋晚 11259

024	023		022	021

史燮爵 西周早 滕州墓上 256 頁 圖 181.2	𣪘觚 商晚 6596	右里銅量 戰國 近出 1050	右里敀量 戰國晚 新收 1176	口丁爵 西周早 滕墓上 254 頁圖 180.4
		右里銅量 戰國 10367	右里銅量 戰國 10366	

029	028	027	026	025
邑虎符 戰國 12087	槃可忌豆 戰國 近出 543	魯伯愈盨蓋 春秋早 4458 魯伯愈盨 春秋早 4458	陳純釜 戰國中 10371	寧女觶 商晚 6032

032　　　　　031　　　　　　　　　　　　　　　030

引簋
西周中晚
海岱 37.6

作耤從彝觶
西周早
6435.2

作耤从彝瓿
西周早
通鑒 9719

作耤从彝方鼎
西周早
1981

啓尊
西周早
5983

作耤从彝壺
西周早
通鑒 12334

作耤从彝瓿
西周早
通鑒 9720

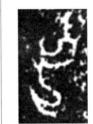

作耤從彝方鼎
西周早
通鑒 2240

作耤从彝罍
西周早
圖像集成 1379

作耤從彝觶蓋
西周早
6435.1

036	035	034	033
 趞墜夫人燈 戰國晚 新收 1081	 剌父癸卣 商晚或西周早 近出 581	 顄鼎 西周早 2037	 叔尸鐘 春秋晚 275

041	040	039	038	037
		口諆簋 西周晚 4533	辛嘼簋 西周早 新收 1148	郜遣簋 春秋 通鑒 5277
吁戈 春秋晚 11032	俊觚 商 山東成 510			 郜遣簋 春秋早 4040・1
				 郜遣簋 春秋早 4040・2
				 郜造鼎 春秋早 2422

046	045	044	043	042
辛罍簋 西周早 新收 1148	亳作母癸尊 西周 總集 4786	不嬰簋 西周晚 4328	殷觚 商 山東成 516	口公之造戈 春秋晚 飛諾藏金 93

051	050	049	048	047
司馬南叔匜 西周晚 10241	齊太宰歸父盤 春秋 10151	辇盉 商晚 近出二 833	伯鼎 西周中 2460	簋 西周早 3469

055	054	053		052

新銅簋
西周早
3439

新銅簋
西周早
3440

引簋
西周中晚
海岱 37.6

摹本
丁師卣
西周
5373.2

（摹本 5373.1）
丁師卣
西周
山東成 477

父盉卣蓋
西周早
5192

060	059	058	057	056
邾口白鼎 春秋早 2640	母丁觶蓋 西周早 滕州墓上 297	父辛鬲 西周早 近出 123	✕邦䣎權 春秋 10381	齊宮鄉銅量 戰國 近出 1051
邾口白鼎 春秋早 2641	母丁觶 西周早 滕州墓上 297			齊宮鄉銅量 戰國 近出 1052

065	064	063	0062	061
癸兄婦口尊 西周早 滕墓上 272 頁圖 194.2	戍珮無壽觚 商中 近出 757	陳純釜 戰國中 10371	叔司徒斧 西周 11785.2	弟刂鼎 西周中晚 2638

070	069	068	067	066
馬成劍 西周 山東成 893	者斿故匜 周代 山東成 696	陳子翼戈 戰國 11086	辛嚳簋 西周早 新收 1148	辛嚳簋 西周早 新收 1148

075	074	073	072	071
┍╾爤獻作父辛卣 商晚 5285	子愬子戈 春秋 10958	不羽蠿戈 戰國早 圖像集成 16697	不羽蠿戈 戰國早 圖像集成 16697	馬成劍 西周 山東成 893

080	079	078	077	076

魚父癸鼎
西周早
海岱 35.2

F 𤔲作父辛卣
商晚
5285

𤔲瓿
商晚
近出 148

口口爵
商晚
滕墓上 254 頁圖
180.4

口口爵
商晚
滕墓上 254 頁圖
180.4

085	084	083	082	081
囗陰囗戈 西周 山東成 768	𣄼郘𤔲權 春秋 10381	雁父丁觚 商晚 滕墓 239 頁	四十銀匜 戰國晚 海岱 37.103	葰造戈 春秋 10962

090	089	088	087	086
獸鼎 西周早 1111	⅄乍且癸卣 商 5307	口季鬲 西周晚 718	⅏母鼎 商 2026	甚諆鼎 西周中 2410

095	094	093	092	091
摹本 ☖成戈 戰國中晚 國博館刊 2012 年 9 期 87 頁	狪公孫敦 春秋晚 近出 537	史嬰爵 西周早 滕州墓上 256 頁 圖 181.2	☖庚父丁爵 商晚 8915	臣椷殘簋 西周早 3790

100	099	098	097	096

100
魚父癸鼎
西周早
海岱 35.2

099
萃盉
商晚
近出二 833

098
薛比戈
春秋早
近出 1163

097
郭公子戈
春秋早
近出 1164

096
陳純釜
戰國早
10371

105	104	103	102	101
傅作父戊尊 西周早 5925	榮鬥父辛觶蓋 商晚 新收 1165 榮鬥父辛觶 商晚 新收 1165	鼻爵 商晚 近出二 711	辛嘼簋 西周早 新收 1148	旅鼎 西周早 2728

110	109	108	107	106
鈢仲簠 西周晚 4534	辛嘗簋 西周早 新收 1148	辛嘗簋 西周早 新收 1148	余王鼎 春秋晚 文物 2014 年第 1 期	屇麟生鼎 春秋早 2524

115	114	113	112	111
工舟 戰國早 新收 1041	吹戈 商晚 近出 1065	叓◆爵 商晚 近出二 747	叓◆爵 商晚 近出二 747	叔爵 商晚 新收 1150

120	119	118	117	116
鄒王職劍 戰國晚 近出 1221	陳✸造戈 戰國早 近出 1137	越王劍 春秋晚 圖像集成 17868	越王劍 春秋晚 圖像集成 17868	郭公子戈 春秋早 近出 1164

125	124	123	122	121
作用戈 戰國 11107	郾王職劍 戰國晚 近出 1221	子禾子釜 戰國中 10374	子禾子釜 戰國中 10374	子禾子釜 戰國中 10374

筆劃檢字表（字頭＋編號）

一劃

字	編號
一	001
乙	849

二劃

字	編號
八	040
十	122
又	159
乂	170
刀	252
乃	286
万	287
人	501
二	770
力	787
七	842
九	843
丁	851

三劃

字	編號
上	006
下	008
三	018
士	025
小	038
干	118
千	123
丌	271
工	276
于	291
才	372
之	373
乇	379
夕	438
尸	534
山	575
大	615
川	660
女	696
也	724
亡	739
弓	747
凡	771
土	772
己	854
子	862
巳	870

四劃

字	編號
元	002
天	003
王	019
中	026
屯	027
少	039
公	043
止	072
牙	112
廿	124
卅	125
父	161
尹	162
及	164
反	165
友	169
爻	208
幻	240
日	282
內	324
木	348
巿	374
日	418
月	432
市	498
弔	515
从	518
方	545
允	547
文	564
勿	586
夫	625
心	629
水	639
不	673
手	692
毋	721
氏	725
戈	727
引	749
斤	814
五	840
六	841
壬	860
丑	866
午	872

五劃

字	編號
丕	004
召	052
台	054
正	077
疋	115
冊	117
句	120
古	121
世	126
右	160
史	172
皮	182
用	205
玄	238
左	274
甘	278
可	289
乎	290
平	292
井	314
矢	326
末	354
出	376
生	378
外	440
禾	452
宄	474
由	495
白	499
付	510
北	520
丘	521
兄	548
司	565
令	567
立	627
汉	657
永	662
冬	665
母	705
奴	709
民	722
弗	723
乍	740
句	741
匝	744
它	767
田	784
処	812
且	813
四	838
甲	848
丙	850
戊	852
已	871
未	873
申	874

六劃

字	編號
吏	005
名	048
吉	056
吁	059
各	061
此	076
行	111
丞	139
共	147
臣	174
寺	179
自	216
百	220

朕	541	差	275	姞	700	食	318	亞	839
般	543	虔	297	娣	708	矦	328	庚	856
尋	553	虓	302	匽	743	言	332	季	863
卿	569	盌	305	城	775	厚	334	孟	864
冢	571	益	309	埋	776	某	362		
庫	578	盄	312	料	819	南	377	**九劃**	
馬	594	飲	321	軍	822	柬	382	帝	007
能	605	高	329	限	832	邧	400	祈	015
奚	624	毫	330	降	833	邦	403	皇	020
㤅	638	夏	342	禹	846	邸	415	若	034
庫	678	乘	347	癸	861	郂	416	咸	055
配	691	柴	355			扵	428	哀	062
姬	698	師	375	**十劃**		室	461	時	063
或	735	郤	396	祖	014	宦	465	是	078
孫	753	邿	401	兹	032	客	470	延	081
純	755	郂	413	斫	035	帅	479	迮	084
約	762	晉	419	旁	037	俔	482	迴	096
桼	766	旂	424	唐	058	宅	488	後	104
曹	834	旅	426	哴	064	冑	494	建	110
陸	837	圅	443	追	092	帥	497	音	136
配	877	秦	456	徐	102	保	502	段	168
十一劃		兼	457	復	103	俅	503	段	176
祭	012	家	459	訊	129	重	522	㪔	186
祫	017	宰	466	鬲	150	者	533	故	187
莒	030	害	473	婁	157	俞	540	政	188
唯	053	宮	483	殺	177	首	560	敃	202
造	082	疾	489	專	181	苟	572	貞	204
得	105	疸	490	敊	203	畏	574	相	212
御	106	疕	491	眔	209	易	587	眉	214
徝	109	侚	507	眲	213	象	591	省	215
商	119	倪	509	隻	223	衍	645	幽	235
殺	178	倫	516	烏	232	洃	656	胙	247
啟	183	殷	526	兹	239	洱	659	甚	281
		犀	536	脂	249	姜	697	盆	307

檢	313	旎	430	馴	596	職	688	十四劃	
爵	315	穆	453	獷	604	肇	728	福	010
圖	384	穄	454	慶	633	縮	760	蒙	036
臏	387	轂	472	滕	648	塿	777	逯	083
寮	486	窜	487	嫣	699	鋁	804	遣	087
臨	524	親	552	嬾	716	疑	865	褅	108
黻	597	顯	556	鎏	802			誨	128
鼇	621	齰	561	陽	828	十五劃		對	137
憨	632	縣	562	陽	829	襫	016	僕	138
濯	654	廦	579	辟	858	璋	022	鼻	146
霝	667	繇	590			蓼	029	鞄	149
虜	671	豫	593	十六劃		蔡	033	臧	175
縱	758	夒	599	毆	065	麹	095	肇	184
艱	781	縢	613	嚳	068	德	099	暝	210
鍾	792	憲	631	遺	090	諸	127	寠	237
		龍	672	頤	113	諆	133	膴	246
十八劃		嬴	701	諱	131	尋	180	劅	257
歸	073	彊	748	諫	132	陳	191	簸	266
遮	097	龜	768	諼	135	敵	192	箕	269
謹	130	錐	794	罺	140	魯	217	嘉	295
飄	158	錞	800	興	148	蕘	228	榮	352
雝	224	鉚	805	融	151	箮	268	槃	358
藋	226	鎬	806	矯	219	嬰	270	鄒	407
舊	227	錇	808	膳	245	號	303	鄲	410
簠	265			散	248	憂	341	齊	444
簫	267	十七劃		縢	250	樂	361	實	463
豐	296	齋	011	劌	259	賜	388	寡	468
號	300	犧	046	劍	260	資	391	監	523
鄜	411	邁	079	釅	279	鄭	395	壽	530
麿	600	還	086	虤	301	鄧	399	匐	577
懍	628	遽	089	盦	306	寬	469	厰	584
濼	643	黼	152	臺	310	歟	555	熒	611
職	684	簋	264	築	333	穎	558	魃	626
嚚	689	盫	308	蕾	356	廣	582	聞	686
		糒	311		371	駒	595		

引用書刊目錄及簡稱

三劃

1. 三代：《三代吉金文存》二十卷，羅振玉編，1937 年。
2. 三代補：《三代吉金文存補》一冊，周法高編，1980 年。
3. 大系：《兩周金文辭大系圖錄考釋》，郭沫若著，科學出版社，1958 年。
4. 上海：《上海博物館藏青銅器》，1964 年。
5. 上博刊：《上海博物館集刊》，不定期刊物，上海博物館主辦。
6. 山東成：《山東金文集成》，山東省博物館編，齊魯書社，2007 年。
7. 山東存：《山東金文集存・先秦編》一冊，曾毅公編，1940 年。
8. 山東選：《山東文物選粹》（普查部分）一冊，山東省文物管理處、山東省博物館編，文物出版社，1956 年。
9. 山東藏：《山東省博物館藏品選》，山東省博物館編，山東友誼書社，1991 年。
10. 山東萃：《山東文物精萃》，呂常凌主編，張玉坤、劉振清副主編，山東美術出版社，1996 年。
11. 山左：《山左金石志》，〔清〕畢沅、阮元撰，嘉慶二年（1797 年）刻本。
12. 小校：《小校經閣金文》十八卷，劉體智編，民國乙亥年（1935 年）初版。

四劃

1. 中原文物：《中原文物》，期刊，河南博物院主辦。
2. 中國歷史文物：《中國歷史文物》，期刊，中國國家博物館主辦。
3. 文化：《小邾國文化》，棗莊市山亭區政協編，中國文史出版社，2006 年。

4. 文叢：《文物資料叢刊》，不定期刊物，文物出版社主辦。

5. 文物精華：《文物精華》，不定期刊物，文物出版社主辦。

6. 文物：《文物》，期刊，文物出版社主辦。

7. 文物報：《中國文物報》，週報，原名《文物報》，河南省文物局主辦，1987 年 10 月改爲國家文物局主辦，更名《中國文物報》。

8. 分域：《金文分域編》二十一卷（又補編十四卷），柯昌濟編，1934 年。

五劃

1. 北圖：《北京圖書館藏青銅器銘文拓片選編》，北京圖書館金石組編，文物出版社，1985 年。

2. 古研：《古文字研究》，不定期刊物，中華書局主辦。

3. 古文審：《古文審》八卷，劉心源著，光緒十七年（1891 年）刻本。

4. 田野（2）：《田野考古報告》第二冊，中研院歷史語言研究所編，商務印書館，1947 年。

六劃

1. 考古：《考古》，期刊，1953 年以來，中國社會科學院考古研究所主辦。

2. 考古通訊：期刊，中國社會科學院考古研究所主辦。

3. 考古學集刊：《考古學集刊》，不定期刊物，中國社會科學院考古研究所主辦。

4. 考古與文物：《考古與文物》，期刊，陝西省考古研究院主辦。

5. 考古學報：《考古學報》，期刊，中國社會科學院考古研究所主辦。

6. 西甲：《西清續鑑甲編》二十卷，〔清〕王傑等乾隆五十八年（1793 年）敕編，本書用宣統二年（1910 年）涵芬樓依寧壽宮寫本影印本。

7. 西乙：《西清續鑑乙編》二十卷，〔清〕王傑等乾隆年間敕編，民國二十年（1931 年）影印本。

8. 西拾：《西清彝器拾遺》一冊，容庚編，1940 年版。

9. 西清：《西清古鑑》四十卷，〔清〕梁詩正等乾隆十四年（1749 年）敕編，本書用乾隆二十年（1755 年）內府刻本。

10. 安徽金石：《安徽通志金石古物考稿》十八冊，徐乃昌，安徽通志館 1936 年印。

七劃

1. 希古：《希古樓金石萃編》十卷，劉承幹編，1933 年。

2. 近出：《近出殷周金文集錄》四冊，劉雨、盧嚴編著，中華書局 2002 年。

3. 近出二：《近出殷周金文集錄二編》，劉雨、嚴志斌編著，中華書局，2010 年。

4. 吳越文：《吳越文字彙編》，施謝捷編著，江蘇教育出版社，1998 年。

八劃

1. 奇觚:《奇觚室吉金文述》二十卷,〔清〕劉心源撰,光緒二十八年(1902年)石印本。

2. 兩罍:《兩罍軒彝器圖釋》十二卷,〔清〕吳雲撰,同治十一年(1872年)吳氏自刻本。

3. 武英:《武英殿彝器圖錄》二冊,容庚編輯,哈佛燕京學社,1934年。

4. 長安:《長安獲古編》二卷,〔清〕劉喜海著,劉鶚補刻器名本,1905年。

5. 東南文化:《東南文化》,期刊,南京博物院主辦。

6. 青全:《中國青銅器全集》十六卷,中國青銅器全集編輯委員會編,文物出版社,1997年。

7. 金索:《金石索》十二卷,〔清〕馮雲鵬、馮雲鵷輯,本書用導光四年(1824年)邃古齋刻本。

8. 周金:《周金文存》六卷附補遺,鄒安編,藝術叢編本。

9. 周原銅:《周原出土青銅器》十卷,曹瑋主編,巴蜀書社,2005年。

九劃

1. 故宮:《故宮》,期刊(共45期),故宮博物院,1929～1940年。

2. 故宮文物:《故宮文物月刊》,臺北故宮博物院主辦。

3. 故圖:《故宮銅器圖錄》二冊,臺北故宮「中央」博物院聯合管理處編,臺北「中華」叢書委員會,1958年。

4. 故精品:《故宮博物院50年入藏文物精品集》,故宮博物院編,紫禁城出版社,1999年。

5. 故青:《故宮青銅器》,北京故宮博物院編,文物出版社,1999年。

6. 冠斝:《冠斝樓吉金圖》四冊,榮厚編,1947年。

7. 恒軒:《恆軒所見所藏吉金錄》2卷,〔清〕吳大澂,1885年自刻本。

8. 美集:《美帝國主義劫掠的我國殷周青銅器集錄》,中國科學院考古研究所編,科學出版社,1963年。

9. 貞松:《貞松堂集古遺文》十六卷,羅振玉撰集,1930年原刻本。

10. 貞補:《貞松堂集古遺文補遺》三卷,羅振玉撰集,1931年原刻本。

11. 貞圖:《貞松堂吉金圖》三卷,羅振玉編,1935年孟冬墨緣堂印本。

12. 貞續:《貞松堂集古遺文續編》,三卷,羅振玉輯,1934年原刻本。

13. 首陽吉金:《首陽吉金——胡盈瑩、范季融藏中國古代青銅器》,首陽齋、上海博物館、香港中文大學文物館編,上海古籍出版社,2008年。

14. 陝青:《陝西青銅器》,李西興編,陝西人民美術出版社,1994年。

15. 美全:《中國美術全集·工藝美術·青銅器》,中國美術全集編輯委員會編,文物出版社,1986年。

16. 音樂（上海江蘇）：《中國音樂文物大系（上海江蘇卷）》，中國音樂大系編輯委員會，大象出版社，1996 年。

17. 音樂（北京）：《中國音樂文物大系（北京卷）》，中國音樂大系編輯委員會，大象出版社，1999 年。

18. 音樂（山東）：《中國音樂文物大系（山東卷）》，中國音樂大系編輯委員會，大象出版社，2001 年。

19. 度量衡：《中國古代度量衡圖集》，邱隆、丘光明、顧茂森、劉東瑞、巫鴻編，文物出版社，1984 年。

十劃

1. 柉林：《柉林館吉金圖識》，丁麟年著，孫海波東雅堂重印本，1941 年。

2. 桓臺文物：《桓臺文物》，中國人民政治協商會議桓臺縣委員會編，山東畫報出版社，1998 年。

3. 夏商周：《夏商周青銅器研究——上海博物館藏品》，陳佩芬著，上海古籍出版社，2004 年。

4. 通鑒：《商周金文資料通釋》（光碟版），陝西省考古研究所編，2006 年。

5. 通釋：《金文通釋》，白川靜著，日本白鶴美術館本影印，1962～1984 年。

6. 通考：《商周彝器通考》，容庚著，上海人民出版社，2008 年。

7. 海岱：《海岱古族古國吉金文集》，陳青榮，趙溫，齊魯書社，2011 年。

8. 海岱考古：《海岱考古》第一輯，張學海主編，山東大學出版社，1989 年。

9. 海外吉：《海外吉金圖錄》三冊，容庚著，1935 年考古學社印本。

10. 陶齋：《陶齋吉金錄》八卷，端方著，1909 年石印本。

11. 陶續：《陶齋吉金續錄》二卷附補遺，端方著，1909 年石印本。

12. 旅順博：《旅順博物館》，旅順博物館編，文物出版社，2004 年。

13. 旅順銅：《旅順博物館館藏文物選粹——青銅器卷》，旅順博物館編，文物出版社，2008 年。

14. 陳侯：《陳侯四器考釋》，徐中舒著，1933 年。

15. 殷存：《殷文存》二卷，羅振玉編，倉聖明智大學版。

16. 流散歐：《流散歐美殷周有銘青銅器集錄》，劉雨、汪濤撰，上海辭書出版社，2007 年。

十一劃

1. 國史金：《國史金石志稿》，王獻唐著，青島出版社，2004 年。

2. 國博館刊：《中國國家博物館館刊》，期刊，中國國家博物館主辦，2011 年由《中國歷史研究》改名。

3. 從古：《從古堂款識學》十六卷，徐同柏著，1906 年蒙學館石印本。

4. 鳥蟲書：《鳥蟲書通考》，曹錦炎著，上海書畫出版社，1999 年。

5. 清愛：《清愛堂家藏鐘鼎彝器款識法帖》，〔清〕劉喜海輯，1877 年尹彭壽補刻本。

6. 清儀：《清儀閣所藏古器物文》十卷，〔清〕張廷濟著，1925 年涵芬樓石印本。

7. 淄博文物精粹：《山東淄博文物精粹》，張連利等編，山東畫報出版社，2002 年。

十二劃

1. 博古：《博古圖錄》三十卷，〔宋〕王黼等撰，寶古堂刻本。

2. 黃縣：《黃縣㠱器》，王獻唐著，山東人民出版社，1960 年。

3. 集成：《殷周金文集成》（修訂增補本），中國社會科學院考古研究所編，中華書局，2006 年。

4. 敬吾：《敬吾心室彝器款識》二冊，〔清〕朱善旂輯，1908 年石印本。

5. 董盦：《董盦吉金圖》，1924 年。

6. 復齋：《鐘鼎款識》，〔宋〕王厚之（復齋）集，清嘉慶七年（1802 年）阮元刻本。

7. 善齋：《善齋吉金錄》二十八卷，劉體智著，1934 年原印本。

8. 善彝：《善齋彝器圖錄》三冊，容庚編，燕京大學哈佛燕京學社，1936 年。

9. 曾銅：《曾國青銅器》，湖北省文物考古研究所編，文物出版社，2007 年。

10. 尊古：《尊古齋所見吉金圖》四卷，黃濬編，1936 年。

十三劃

1. 夢續：《夢郼草堂吉金圖續編》一卷，羅振玉輯，1917 年影印本。

2. 夢郼：《夢郼草堂吉金圖》三卷，羅振玉輯，1917 年影印本。

3. 新收：《新收殷周青銅器銘文暨器影彙編》，鍾柏生、陳昭容、黃銘崇、袁國華編，臺北藝文印書館，2006 年。

4. 新出：《新出殷周青銅器銘文整理與研究》，線裝書局，2008 年。

5. 彙編：《中日歐美澳紐所見所拓所摹金文彙編》十冊，巴納、張光裕編，1978 年。

6. 筠清：《筠清館金文》五卷，〔清〕吳榮光，1842 年撰，宜都楊守敬重刻本。

7. 頌齋：《頌齋吉金圖錄》一冊，容庚著，1933 年印本。

8. 愙齋：《愙齋集古錄》二十六卷，〔清〕吳大澂 1896 年著，1918 年涵芬樓影印本。

十四劃

1. 圖像集成：《商周青銅器銘文暨圖像集成》，吳鎮烽編著，上海古籍出版社，2012 年。

2. 圖像集成續編：《商周青銅器銘文暨圖像集成續編》，吳鎮烽編著，上海古籍出版社，2016 年。

3. 銘文選：《商周青銅器銘文選》，上海博物館商周青銅器銘文選編寫組，文物出版社，1986～1987 年。

4. 綴遺：《綴遺齋彝器考釋》三十卷，方濬益編，1935 年涵芬樓石印本。

5. 綜覽：《殷周時代青銅器の研究・殷周青銅器綜覽》二冊，〔日〕林巳奈夫，吉川弘文館，1984 年。

6. 管子學刊：《管子學刊》，期刊，山東理工大學主辦。

7. 寧壽：《寧壽鑑古》十六卷，〔清〕梁詩正乾隆年間敕編，1913 年涵芬樓依寧壽宮寫本石印本。

8. 齊墓：《臨淄齊墓》第一集，山東文物考古研究所，文物出版社，2007 年。

9. 齊量：《齊量》，上海博物館編，上海博物館出版，1959 年。

10. 齊侯：《齊侯四器考釋》，福開森著，1928 年。

十五劃

1. 鄴初：《鄴中片羽初集》二冊，黃濬撰集，1935 年影印本。

2. 鄴三：《鄴中片羽三集》二冊，黃濬撰集，1942 年影印本。

3. 滕州：《滕州前掌大墓地》，中國社會科學院考古研究所編著，文物出版社，2005 年。

4. 魯城：《曲阜魯國故城》，山東省文物考古研究所、山東省博物館等，齊魯書社，1982 年。

5. 遺珍：《小邾國遺珍》，棗莊市政協臺港澳僑民族宗教委員會等編，中國文史出版社，2006 年。

十六劃

1. 薛氏：《薛氏鐘鼎彝器款識》，〔宋〕薛尚功著，1797 年阮氏刻本。

2. 燕園聚珍：《燕園聚珍──北京大學賽克勒考古與藝術博物館展品選粹》，北京大學考古文博學院編，文物出版社，1992 年。

3. 嘯堂：《嘯堂集古錄》二冊，〔宋〕王俅輯，涵芬樓影印蕭山朱氏藏宋刊本。

4. 錄遺：《商周金文錄遺》，于省吾編，科學出版社，1957 年。

5. 積古：《積古齋鐘鼎彝器款識》十卷，阮元編錄，1804 年阮氏刻本。

十七劃

1. 總集：《金文總集》十冊，嚴一萍編，臺北藝文印書館，1983 年。

2. 濟州：《濟州金石志》八卷，徐宗幹撰，清道光本。

十八劃

1. 斷代：《西周銅器斷代》，陳夢家著，中華書局，2004 年。

2. 簠齋：《簠齋吉金錄》八卷，鄧實輯，1918 年風雨樓影印本。

3. 雙吉：《雙劍誃吉金圖錄》二卷，于省吾編，1934 年原印本。

十九劃

1. **攄古**：《攄古錄金文》三卷，吳式芬撰，1895 年吳氏家刻本。
2. **韡華**：《韡華閣集古錄跋尾》，柯昌濟撰，1935 年鉛印本。
3. **辭典**：《中國文物精華大辭典》（青銅卷），國家文物局主編，上海辭書出版社、香港商務印書館，1995 年。
4. **攀古**：《攀古樓彝器款識》二冊，潘祖蔭著，1872 年滂喜齋自刻王懿榮手寫本。

二十劃

1. **寶蘊**：《寶蘊樓彝器圖錄》，容庚著，1929 年影印本。

二十一劃

1. **續殷**：《續殷文存》二卷，王辰，考古學社，1935 年。

二十二劃

1. **讀金**：《讀金器刻詞》，馬敘倫撰，中華書局，1962 年。
2. **嚴窟**：《嚴窟吉金圖錄》二冊，梁上椿編，1943 年。

二十九劃

1. **鬱華**：《鬱華閣金文》，盛昱，金文文獻集成本，2005 年。

參考文獻

（一）著作類

B

1. 畢沅、阮元：《山左金石志》，嘉慶阮氏小琅嬛僊館刻本，清代。

C

1. 陳劍：《甲骨金文考釋論集》，線裝書局，2007 年。

2. 陳清榮、趙緼：《海岱古族古國吉金文集》，齊魯書社，2011 年。

3. 陳斯鵬、石小力、蘇清芳：《新見金文字編》，福建人民出版社，2012 年。

D

1. 董蓮池：《〈金文編〉校補》，東北師範大學出版社，1995 年。

2. 董蓮池：《說文部首形義新證》，作家出版社，2007 年。

3. 董蓮池：《說文解字考正》，作家出版社，2005 年。

4. 董蓮池：《新金文編》，作家出版社，2011 年。

5. 董蓮池：《商周金文辭彙釋》，作家出版社，2013 年。

F

1. 逢振鎬：《山東古國與姓氏》，山東人民出版社，2006 年。

G

1. 郭沫若：《殷周青銅器銘文研究》，科學出版社，1961 年。

2. 郭沫若：《兩周金文辭大系圖錄考釋》，上海書店出版社，1999 年。

H

1. 胡光煒：《齊楚古金表》，載《國風》四卷 11 期，1934 年。

2. 何琳儀：《戰國古文字典》，中華書局，1998 年。

3. 華東師範大學中國文字研究與應用中心：《金文引得》（春秋戰國卷），廣西教育出版社，2002 年。

4. 何琳儀：《戰國文字通論》（訂補），江蘇教育出版社，2003 年。

5. 黃德寬：《古文字譜系疏證》，商務印書館，2007 年。

K

1. 柯昌濟：《金文分域編·卷九（山東省）》，載劉慶柱、段志洪：《金文文獻集成》第 42 冊 364 頁，線裝書局，2005 年。

L

1. 羅振玉：《三代吉金文存》，中文出版社，1971 年。

2. 羅福頤：《三代吉金文存釋文》，問學社，1983 年。

3. 林澐：《古文字研究簡論》，吉林大學出版社，1986 年。

4. 林澐：《林澐學術文集》，中國大百科全書出版社，1998 年

5. 劉雨、盧巖：《近出殷周金文集錄》，2002 年

6. 李守奎：《楚文字編》，華東師範大學出版社，2003 年。

7. 李圃：《古文字詁林》，上海教育出版社，2004 年出齊。

8. 劉慶柱、段志宏、馮時：《金文文獻集成》、《金文文獻集成索引卷》，線裝書局 2005 年。

9. 劉釗：《古文字構形學》，福建人民出版社，2006 年。

10. 劉志基：《鐵硯齋學字雜綴》，中華書局，2006 年。

11. 劉志基等主編：《古文字考釋提要總覽》（1～4 冊），上海人民出版社 2008～2014 年。

12. 劉雨、沈丁、盧巖、王文亮：《商周金文總著錄表》，中華書局，2008 年。

13. 劉釗、洪颺、張新俊：《新甲骨文編》，2009 年。

14. 劉雨、嚴志斌：《近出殷周金文集錄二編》，中華書局，2010 年。

15. 李宗焜：《甲骨文字編》，中華書局，2012 年。

M

1. 馬承源：《商周青銅器銘文選》文物出版社 1990 年 4 月

Q

1. 裘錫圭：《裘錫圭學術文集》，復旦大學出版社，2012 年。

R

1. 容庚：《金文編》，（張振林、馬國權摹補），中華書局，1985 年。

S

  1. 孫稚雛：《金文著錄簡目》，中華書局，1981 年。

  2. 蘇兆慶：《莒縣文物志》，齊魯書社，1993 年。

  3. 山東省淄博市錢幣學會：《齊國貨幣研究》，齊魯書社，2003 年。

  4. 山東省博物館：《山東金文集成》，齊魯書社，2007 年。

  5. 孫剛：《齊文字編》，福建人民出版社，2010 年。

  6. 蘇芳淑、范季融等：《中國古代青銅器國際研討會論文集》，上海博物館、香港中文大學文物館出版，2010 年。

T

  1. 湯餘惠：《戰國文字編》，福建人民出版社，2001 年。

W

  1. 王獻唐：《山東古國考》，齊魯書社，1983 年。

  2. 王元鹿：《比較文字學》，廣西教育出版社，2001 年。

  3. 王文耀：《殷周文字聲類研究》，上海辭書出版社，2004 年。

  4. 王輝：《商周金文》，文物出版社，2006 年。

  5. 王平：《〈說文〉重文研究》，華東師範大學出版社，2008 年。

  6. 吳鎮烽：《商周金文資料通鑒》（版本 1.2），陝西考古研究所，2010 年。

  7. 吳振武：《古璽文編校訂》，人民美術出版社，2011 年。

X

  1. 許慎：《說文解字》，中華書局影印，1963 年。

  2. 徐中舒：《商周金文集錄》，四川人民出版社，1984 年。

  3. 徐學漢：《桓臺文物》，山東畫報出版社，1998 年。

Y

  1. 嚴一萍：《金文總集》，臺灣藝文印書館，1983 年。

  2. 于省吾：《雙劍誃吉金文選》，中華書局，1998 年。

  3. 于省吾：《商周金文錄遺》，中華書局，2009 年。

  4. 姚孝遂：《姚孝遂古文字論集》，中華書局，2010 年。

Z

  1. 曾毅公：《山東金文集存》，台聯國風出版社，1980 年。

  2. 周法高：《金文詁林補》，中央研究院歷史語言研究所，1982 年。

  3. 中國社會科學院考古研究所：《新出金文分域簡目》，中華書局，1983 年。

  4. 中國社會科學院考古研究所：《殷周金文集成》，中華書局，1984 年。

  5. 中國社會科學院考古研究所：《殷周金文集成》，中華書局，1984 年～1995 年。

6. 張世超、孫凌安、金國泰、馬如森:《金文形義通解》,中文出版社,1996 年。

7. 淄博市博物館、齊故城博物館:《臨淄商王墓地》,齊魯書社,1997 年。

8. 臧克和:《漢字單位觀念史考述》,學林出版社,1998 年。

9. 張亞初:《殷周金文集成引得》,中華書局,2001 年。

10. 中國社會科學院考古研究所:《殷周金文集成釋文》,香港中文大學中國文化研究所,2001 年。

11. 中國先秦史學會、政協莒縣委員會:《莒文化研究文集》,山東人民出版社,2002 年。

12. 臧克和、王平:《〈說文解字〉新訂》,中華書局,2002 年。

13. 趙誠:《二十世紀金文研究述要》,書海出版社,2003 年。

14. 張再興:《access 資料庫在語言文字研究與教學中的應用》,江西高校出版社,2003 年。

15. 張再興:《西周金文文字系統論》,華東師範大學出版社,2004 年。

16. 張再興:《西周金文字素功能研究》,華東師範大學出版社,2004 年。

17. 張懋鎔:《青銅器論文索引 1983~2001》,高等教育出版社,2005 年。

18. 鐘柏生、陳昭榮、黃銘崇、袁國華:《新收殷周青銅器銘文暨器影彙編》,臺北藝文印書館,2006 年。

19. 棗莊市山亭區政協:《小邾國文化》,中國文史出版社,2006 年。

20. 趙友文:《小邾國遺珍》,中國文史出版社,2006 年。

21. 中國社會科學院考古研究所:《商周金文集成》,中華書局,2007 年。

22. 中國社會科學院考古研究所:《殷周金文集成》(修訂增補本),中華書局,2007 年。

23. 張懋鎔:《青銅器論文索引 2002~2006》(上、下),綫裝書局,2008 年。

24. 中國音樂文物大系總編輯部:《中國音樂文物大系‧山東卷》,大象出版社,2009 年。

25. 中國先秦史學會、政協莒縣委員會:《莒文化研究文集》,山東人民出版社,2002 年。

26. 中國社會科學院考古研究所:《商周金文集成》,中華書局,2007 年。

27. 中國社會科學院考古研究所:《殷周金文集成》(修訂增補本),中華書局,2007 年。

28. 中國社會科學院考古研究所:《新出金文分域簡目》,中華書局,1983 年。

29. 中國社會科學院考古研究所:《殷周金文集成》,中華書局,1984 年。

30. 中國社會科學院考古研究所:《殷周金文集成》,中華書局,1984 年~1995 年。

31. 中國社會科學院考古研究所:《殷周金文集成釋文》,香港中文大學中國文化研究所,2001 年。

（二）論文類

A

1. 安志敏：《〈陳喜壺〉商榷》，載劉慶柱、段志洪：《金文文獻集成》第 29 冊 493 頁，線裝書局，2005 年。

C

1. 陳初生：《古文字形體的動態分析》，載《暨南大學學報》，1993 年。
2. 陳雙新：《樂器銘文考釋（五篇)》，載《古文字研究》第 22 輯，中華書局，2000 年。
3. 陳雙新：《兩周青銅樂器銘辭研究》，河北大學出版社，2002 年。
4. 陳劍：《釋展》，載《追尋中華古代文明的蹤跡——李學勤先生學術活動五十年紀念文集》，復旦大學出版社，2002 年。
5. 陳壽：《大保簋的復出和大保諸器》，載劉慶柱、段志洪：《金文文獻集成》，第 28 冊 211 頁，線裝書局，2005 年。
6. 陳夢家：《叔夷鐘鎛考》，載劉慶柱、段志洪：《金文文獻集成》第 29 冊 464 頁，線裝書局，2005 年。
7. 陳邦懷：《曹伯狄簋考釋》，載劉慶柱、段志洪：《金文文獻集成》第 29 冊 511 頁，線裝書局，2005 年。
8. 陳公柔：《滕國、邾國青銅器及其相關問題》，載劉慶柱、段志洪：《金文文獻集成》第 29 冊 512 頁，線裝書局，2005 年。
9. 蔡鴻江：《二十世紀以前山東省青銅器出土之概說》，載《齊魯文化研究》第十輯，2011 年。

D

1. 杜迺松：《東周時代齊、魯青銅器探索》，載《南方文物》，1995 年第 2 期。
2. 鄧小娟：《戰國齊、燕、邾、滕四國三地異形調查與研究》，載《中國文字研究》第三輯，廣西教育出版社，2002 年。
3. 丁山：《由陳侯因資敦銘黃帝論五帝》，載劉慶柱、段志洪：《金文文獻集成》第 29 冊 505 頁，線裝書局，2005 年。
4. 丁山：《邾公釛鐘》，載劉慶柱、段志洪：《金文文獻集成》第 29 冊 511 頁，線裝書局，2005 年。
5. 董珊：《試說山東滕州莊里西村所出編鎛銘文》，復旦大學出土文獻與古文字研究中心網站，2008 年。
6. 董珊：《司馬楙編鎛考釋》，載《古文字研究》28 輯，2010 年。
7. 董珊：《新見魯叔四器銘文考釋》，復旦大學出土文獻與古文字研究中心網站，2011 年。
8. 董蓮池：《釋趞亥鼎銘中的「帀」字》，載《第三屆中日韓（CKJ）漢字文化學術國際研討會論文集》，上海人民出版社，2012 年。

9. 董珊：《郘公鞶父二器簡釋》，復旦大學出土文獻與古文字研究中心網站論文，2012年。

F

1. 方述鑫：《〈史密簋〉銘文中的齊師、族徒、遂人》，載《四川大學學報》（哲社版），1998年。

2. 馮時：《春秋齊侯盂與鱎銘文對讀》，載《徐中舒先生百年誕辰紀念文集》，巴蜀書社，1998年。

G

1. 龔自珍：《兩齊侯壺釋文》，載劉慶柱、段志洪：《金文文獻集成》第16冊618頁，線裝書局，2005年。

2. 郭沫若：《〈殷敼簋銘〉考釋》，載劉慶柱、段志洪：《金文文獻集成》第29冊488頁，線裝書局，2005年。

3. 郭沫若：《殷敼簋銘新考》，載《金文文獻集成》第29冊489頁，線裝書局，2005年。

4. 顧頡剛：《讀春秋郑國義銘因論郑之盛衰》，載《金文文獻集成》第29冊511頁，線裝書局，2005年。

5. 耿超：《郣召簋及相關問題初探》，載《中原文物》，2010年第3期。

H

1. 黃盛璋：《山東諸小國銅器研究》——《兩周金文大系續編》分國考釋之一章，載《華夏考古》，1989年4期。

2. 何光岳：《黃國與黃國青銅器》，載《中原文物》，1989年第4期。

3. 黃盛璋：《山東出土莒之銅器及其相關問題綜考》，載《華夏考古》1992年4期。

4. 黃盛璋：《燕、齊兵器研究》，載《古文字研究》第19輯，中華書局，1992年。

5. 何琳儀：《戰國兵器銘文選釋》，載《古文字研究》第20輯，中華書局，2000年。

6. 菏澤市文化館、山東省博物館、菏澤地區文化展館：《殷代長銘銅器宰甫卣的在發現》，載劉慶柱、段志洪：《金文文獻集成》第22冊535頁，線裝書局，2005年。

7. 郝士宏：《說息及從息的一組字》，載《漢字研究》第1輯，學苑出版社，2005年。

8. 黃天樹：《說殷墟卜辭中一種特殊的「省形」》，載《古漢語研究》，2009年2期。

L

1. 李學勤：《戰國題銘概述（上）》，載《文物》，1959年第7期，第50～54頁。

2. 李學勤：《戰國題銘概述（中）》，載《文物》，1959年第8期，第60～63頁。

3. 李學勤：《戰國題銘概述（下）》，載《文物》，1959年第9期，第58～61頁

4. 李學勤：《試論山東新出青銅器的意義》，載《新出青銅器研究》，第246～253頁（原載《文物》，1983年12期252～259頁）。

5. 梁方建：《齊國金文及其史料價值》，載《管子學刊》，1989 年 1 期。

6. 李家浩：《齊國文字中的「遂」》，載《湖北大學學報》，1992 年 3 期。

7. 李步青、王錫平：《建國以來煙臺地區出土商周銘文青銅器概述》，載《古文字研究》第 19 輯，中華書局，1992 年。

8. 羅衛東：《春秋金文研究》，載《古漢語研究》，1997 年 2 期。

9. 林宏：《山東泰安市黃花嶺村出土青銅器》，載《考古與文物》，2000 年 4 期。

10. 劉雨：《近出殷周金文綜述》，載《古文字研究》第 24 輯，中華書局，2002 年。

11. 李學勤：《夏商周與山東》，載《煙臺大學學報》（哲社版），2002 年。

12. 臨朐縣文化館、濰坊地區文物管理文員會：《山東臨朐發現齊、邿、曾諸國銅器》，載劉慶柱、段志洪：《金文文獻集成》第 22 冊 536 頁，線裝書局，2005 年。

13. 李學勤：《齊侯壺的年代與史事》，載《中華文史論叢》（82 期），上海古籍出版社，2006 年。

14. 李春桃：《釋邾公釛鐘銘文中的「穆」字》，復旦大學出土文獻與古文字研究中心網站論文，2011 年 5 月。

15. 李魯滕：《新見䰧器略考》，復旦大學出土文獻與古文字研究中心網站，2011 年 8 月 6 日。

M

1. 馬承源：《陳喜壺》，載劉慶柱、段志洪：《金文文獻集成》第 29 冊 492 頁，線裝書局，2005 年。

P

1. 彭裕商：《保卣新解》，載《考古與文物》，1998 年第 4 期。

Q

1. 裘錫圭：《戰國文字中的「市」》，載《考古學報》，1980 年第 3 期。

2. 齊文濤：《概述近年來山東出土的商周青銅器》，載劉慶柱、段志洪：《金文文獻集成》第 22 冊 527 頁，線裝書局，2005 年。

R

1. 任偉：《西周金文與齊國始封問題》，載《中原文物》，2002 年 4 期。

S

2. 孫敬明：《兩周金文與莒史補》，載《齊魯學刊》，1995 年 4 期。

3. 孫敬明：《齊城左戈及相關問題》，載《文物》，2000 年第 10 期。

4. 施謝捷：《陳發乘戈跋》，載《南京師範大學文學院學報》，2002 年第 1 期。

5. 孫海波：《齊弓鎛考釋》，載劉慶柱、段志洪：《金文文獻集成》第 29 冊 463 頁，線裝書局，2005 年。

6. 孫敬明、何琳儀、黃錫全：《山東臨朐新出銅器銘文考釋及有關問題》，載劉慶柱、段志洪：《金文文獻集成》第 29 冊 523 頁，線裝書局，2005 年。

7. 孫敬明、何琳儀、黃錫全：《山東濰坊新出銅戈銘文考釋及有關問題》，載劉慶柱、段志洪：《金文文獻集成》第 29 冊 525 頁，線裝書局，2005 年。

8. 商艷濤：《讀〈山東金文集成〉》，載《中國國家博物館館刊》，2011 年第 5 期。

T

1. 藤縣博物館：《山東藤縣發現滕侯銅器墓》，載劉慶柱、段志洪：《金文文獻集成》第 22 冊 532 頁，線裝書局，2005 年。

2. 童丕繩：《跋陳逆二器銘》，載劉慶柱、段志洪：《金文文獻集成》第 29 冊 496 頁，線裝書局，2005 年。

3. 涂白奎：《〈鮑子鼎〉別解——兼談邦公典盤「及」字的問題》，復旦大學出土文獻與古文字研究中心網站，2012 年 2 月 5 日。

W

1. 王恩田：《再說紀、冀、萊爲一國》，載《管子學刊》，1991 年 1 期。

2. 王恩田：《跋陳樂君歔與耶盂》，載《中原文物》，1998 年 1 期。

3. 吳振武：《陳曼瑚「逐」字新證》，載《吉林大學古籍所建所十五周年紀念文集》，吉林大學出版社，1998 年。

4. 王恩田：《莒公孫潮子鐘考釋與臧家莊墓年代——兼說齊官印「陽都邑」巨璽及其辨偽》，載《望遠集》（上），陝西美術出版社，1998 年。

5. 王健：《史密簋銘文與齊國的方國地位》，載《鄭州大學學報》，2002 年 3 期。

6. 王軒：《山東鄒縣七家峪村出土的西周銅器》，載劉慶柱、段志洪：《金文文獻集成》第 22 冊 526 頁，線裝書局，2005 年。

7. 萬樹瀛：《藤縣後荆溝出土不嬰簋等青銅器群》，載劉慶柱、段志洪：《金文文獻集成》第 22 冊 534 頁，線裝書局，2005 年。

8. 吳偉華：《山東出土東周銅鉢及相關問題研究》，載《考古》，2012 年 1 期。

X

1. 徐在國：《釋薊、此、邻、郲》，載《山東古文字研究》（山東社聯通訊總 72 期），1993 年。

2. 徐少華：《陳國銅器及其歷史地理與文化綜論》，載《江漢考古》，1995 年 2 期。

3. 徐在國：《兵器銘文考釋（七則)》，載《古文字研究》第 22 輯，中華書局 2000 年。

4. 徐中舒：《陳侯四器考釋》，載劉慶柱、段志洪：《金文文獻集成》，第 29 冊 496 頁，線裝書局，2005 年。

5. 徐在國：《冀甫人匜銘補釋》，載《古文字學論稿》，安徽大學出版社，2008 年。

Y

1. 殷之彝：《山東益都蘇埠屯墓地和「亞醜」銅器》，載《考古學報》，1977 年 2 期。

2. 阮元：《齊陳氏韶樂罍銘釋》，載劉慶柱、段志洪：《金文文獻集成》第 16 冊 616 頁，線裝書局，2005 年。

3. 沂水縣文物管理站：《山東沂水縣發現工盧王青銅劍》，載劉慶柱、段志洪：《金文文獻集成》第 29 冊 163 頁，線裝書局，2005 年。

4. 于省吾、陳邦懷、黃盛璋、石志廉：《關於〈陳喜壺〉的討論》，載劉慶柱、段志洪：《金文文獻集成》第 29 冊 493 頁，線裝書局，2005 年。

5. 楊寬：《陳騂壺考釋》，載劉慶柱、段志洪：《金文文獻集成》第 29 冊 510 頁，線裝書局，2005 年。

6. 袁金平：《齊金文考釋二則》，載《考古與文物》，2011 年第 5 期。

Z

1. 張振林：《論青銅器銘文形式上的時代標記》，載《古文字研究（第五輯）》，中華書局，1981 年。

2. 張光遠：《春秋晚期齊莊公時庚壺考》，載《故宮季刊》第 16 卷 3 期，1982 年。

3. 張政烺：《庚壺釋文》，載《出土文獻研究》，文物出版社，1985 年。

4. 張龍海：《臨淄韶院村出土銘文石磬》，載《臨淄拾貝》，臨淄中軒印務有限責任公司，2001 年。

5. 張劍：《齊侯鑑銘文的新發現》，載劉慶柱、段志洪：《金文文獻集成》第 29 冊 487 頁，線裝書局，2005 年。

6. 張劍：《齊侯寶盂鑑小考》，載劉慶柱、段志洪：《金文文獻集成》第 29 冊 487 頁，線裝書局，2005 年。

7. 張頷：《陳喜壺辨》，載劉慶柱、段志洪：《金文文獻集成》第 29 冊 494 頁，線裝書局，2005 年。

8. 趙學清：《戰國東方五國文字構形系統研究》（《漢字構形史叢書》，王寧主編），上海教育出版社，2005 年。

9. 趙平安：《郭子中鹽的名稱和郭國的姓氏問題》，載《古籍整理研究學刊》，2006 年 1 期。

10. 趙平安：《山東泰安龍門口新出青銅器銘文考釋》，載《中國歷史文物》，2006 年 2 期。

11. 張振謙：《齊系陶文考釋》，載《安徽大學學報》（哲社版），2009 年 7 期。

12. 張俊成：《齊國銅器銘文分期研究》，載《殷都學刊》，2010 年 4 期。

13. 張再興：《近十年新發表西周金文中若干新見字和新見字形》，載《中國古代銅器：「最近發現、最近發展」國際研討會論文集》，2010 年。

14. 朱鳳瀚：《叔器與魯國早期歷史》，載《新出金文與西周歷史》，上海古籍出版社 2010 年。

15. 張懋鎔、閆婷婷、王宏：《新出杞伯簋淺談》，載《文博》，2011 年 1 期。

16. 張曉明：《山東出土商代青銅器銘文字頻狀況探析》，載《管子學刊》，2012 年 2 期。

17. 張振謙：《陳夨因咨戈考釋兩則》，載《考古與文物》，2012 年 2 期。

18. 張崇禮：《魯叔四器銘文補釋》，復旦大學出土文獻與古文字研究中心網站論文，2012 年 9 月 2 日。

（三）碩士論文

B

1. 畢經緯：《山東出土東周青銅禮容器研究》，陝西師範大學，2009 年。

J

2. 江淑惠：《齊國彝銘彙考》，臺灣大學，1990 年。

L

1. 劉偉杰：《齊國金文研究》，山東大學，2004 年。
2. 李瑤：《戰國燕、齊、中山通假字考察》，吉林大學，2011 年。
3. 賴彥融：《早期齊彝銘研究》，中國社會科學學院，2011 年。

S

1. 蘇清芳：《21 世紀商周金文新見字集釋》，中山大學，2010 年。

T

1. 唐莉：《戰國文字義符系統特點研究》，陝西師範大學，2004 年。

W

1. 吳勁松：《近十年新出殷周青銅器銘文的整理與研究》，安徽大學，2011 年。

X

1. 徐在國：《論晚周齊系文字特點》，吉林大學，1992 年。

Z

1. 朱力偉：《東周與秦兵器銘文中所見的地名》，吉林大學，2004 年。
2. 朱君筠：《近二十年新見戰國標準器整理與研究》，中山大學，2010 年。

（四）博士論文

B

1. 畢秀潔：《商代銅器銘文的整理與研究》，華東師範大學，2011 年。

C

1. 曹豔芳：《山東出土商代青銅器研究》，山東大學，2006 年。

D

1. 董珊：《戰國題銘與工官制度》，北京大學，2002 年。

F

1. 馮勝君：《郭店齊系文字》，北京大學博士後研究工作報告，2004 年。

H

　1. 胡長春：《新出殷周青銅器銘文整理與研究》，線裝書局，2008 年。

　2. 何家興：《戰國文字分域編》，安徽大學，2010 年。

L

　1. 羅衛東：《春秋金文構形系統研究》，北京師範大學，2005 年。

S

　1. 孫剛：《東周齊系題銘研究》，吉林大學，2012 年。

W

　1. 吳國升：《春秋文字研究》，安徽大學，2005 年。

X

　1. 謝明文：《商代金文的整理與研究》，復旦大學，2012 年。

Z

　1. 張曉明：《春秋戰國金文字體演變研究》，山東大學，2005 年。

　2. 周波：《戰國時代各系文字間的用字差異現象研究》，復旦大學，2008 年。

　3. 張振謙：《齊系文字研究》，安徽大學，2008 年。

（五）期刊雜誌

　1. 中國文字研究、古文字研究、文物、考古、考古與文物、華夏考古、殷都學刊、
中國歷史文物、古漢語研究等。

（六）外文文獻

　1. 濱田耕作：《泉屋清賞》，1919 年。

　2. 梅原末治：《日本蒐儲支那古銅精華》〔日〕1959～1962、《殷周時代青銅器の研
究·殷周青銅器綜覽一》〔日〕，1936 年。

　3. J. Edward Kidder,Jr.：《聖路易斯市藝術博物館所藏中國古代青銅器》，1956 年。

（七）網站資源

　1. 新浪網、中新網、瑯琊網等。